나는 활자 중독자입니다

나는 활자 중독자입니다

초판 1쇄 발행　2018년 12월 28일

지은이	명로진
펴낸이	변선욱
펴낸곳	왕의서재
마케팅	변창욱
디자인	꿈지락

출판등록	2008년 7월 25일 제313-2008-120호
주소	서울시 양천구 목동서로 186(목동 919) 성우네트빌 1411호
전화	02-3142-8004
팩스	02-3142-8011
이메일	latentman75@gmail.com
블로그	blog.naver.com/kinglib

ISBN　　979·11·86615·37·9　　03800

이 도서의 국립중앙도서관 출판예정도서목록(CIP)은 서지정보유통지원시스템
홈페이지(http://seoji.nl.go.kr)와 국가자료공동목록시스템(http://www.nl.go.kr/
kolisnet)에서 이용하실 수 있습니다.
· CIP제어번호: CIP2018040200

나는 활자 중독자입니다

명로진 지음

나는 밥 중독자다. 밥 없이 살 수 없으므로 밥 중독자 맞다.
토스트와 베이컨 따위로 먹는 아침은 없다. 그런 브런치는
있다. 밥과 밥 사이다. 2005년 가을, 부천에 새로 문을 연
근사한 경양식 집에서 햄버그스테이크를 먹고 바로 횟집에
가서 매운탕에 밥 말아 드셨던 아버지는 옳았다. 나와 동생,
어머니는 개발도상국형 위장을 가진 아버지를 비난했다.

　나는 돈 중독자다. 돈 없이 살 수 없으므로 돈 중독자
맞다. 나는 가만히 관찰해 왔다. "돈이 전부가 아니다."라고
말하는 이들은 대체로 돈이 전부였던 사람이다. 평생 써도
남아돌 돈을 모아놓고 이제는 다른 취향에 코를 박은 것뿐
이다. "돈으로는 행복을 살 수 없다."라고 믿는 이들은 대개
행복을 살 만큼 돈이 충분해 본 적이 없다. 산속에 파묻혀
속세와 인연을 끊고 사는 [나는 자연인이다] 출연자도 일주

일에 한 번은 장에 가서 돈 주고 뭔가를 사 온다.

나는 밥 먹고 돈 쓰며 살았다. 두 중독 사이를 오가며 지냈다. 그것만으로 충분할까? 밥은 먹어도 먹어도 배가 고프고 돈은 쓰고 써도 모자랐다. 위장을 잘라내듯 욕망을 거세하지 않는 한 나는 불만족이었다. 허전했다.

밥과 돈 사이에 활자가 있었기에 나는 살았다. 밥과 돈이 내 삶의 물질 영역을 담당했다면 활자는 영혼 영역을 책임졌다. 밥이 소화기관, 돈이 내분비계를 장악할 때 활자는 가만히 손끝을 애무했다. 종이의 물성은 눈을 자극했고 시신경은 뇌의 직속 상관이었다. 내게 활자는 오로지 나무의 윤회 속에 있다. 전자기의 반응으로 생성된 글자는 사자死字이지 활자活字가 아니다. e-북이나 스마트폰 속의 글을 내 검지는 거부한다. 나는 오래된 파피루스교 신자다. 종이를 믿고 사랑한다.

어린 시절부터 책을 좋아했다. 계몽사 세계 문학 전집부터 시작해서 닥치는 대로 읽었다. 살면서 늘 책은 내 곁에 있었으나 나는 두 번 책을 버렸다. 2004년 말, 나는 '글 쓰는 것으로는 먹고살기 힘들겠다.'라고 판단하고 마포구 노고산동 집필실에 있던 책 3,000여 권을 내다 버렸다.

아이는 유치원에 입학했고 아내는 직장을 그만두었으며 집필실 보증금을 다 까먹은 상태였다. 책 보기가 역겨웠다. 책이 내게 아무것도 주지 못한다고 여겼다. 그날부터 10여 년이 흘렀을 때, 나는 또 다른 집필실에 이전처럼 많은 책을 둘러놓고 있었다. 2015년에 다시 대학살 수준의 서적 유기를 감행했다. 스스로에 대한 불신 때문에 우울해져 정신과 치료까지 받아야 했다. 이때는 집필 포기가 아니라 삶의 포기 직전까지 간 절망적 상태여서 서적 투기 따위는 아무것도 아니었다. 두 번이나 책을 버리고 나서는 그냥저냥 살았다. 남 보기엔 멀쩡하지만 내 속은 검게 타들어 가고 있었다.

어느 날, 출판사에서 연락이 왔다. 미팅 장소에 나가 보니 편집자가 말했다. "호텔마다 비치된 기드온 성경책을 아느냐? 그 책의 뒷장에는 '도움이 되는 성구 찾기'라는 게 있다. 두려울 때, 걱정될 때, 고독할 때 등 34개 상황에 대해 각각 위로되는 성경 말씀을 찾아볼 수 있게 해 놨다. 고전에서도 위로를 얻을 수 있을 텐데 그런 책을 한 번 써 보지 않겠느냐?"

뒤통수를 맞은 듯했다. 왜 삶이 힘들 때 활자에서 위로받는다는 생각을 못 했을까? 그날 바로 기드온 성경을 사

읽었다. 살아오면서 나를 위무했던 인문 고전을 다시 펼쳤다. 외로울 때 친구가 되고 분노했을 때 화를 잠재워주고 상처받았을 때 날 감싸준 보석 같은 글귀가 내 눈에 밟혔다.

"사람들이 알아주지 않아도 성내지 않으면 이 또한 군자가 아니랴."
"사람은 누구나 자기 자신 속에 귀한 것이 있다."
"머물 줄 알아야 정할 수 있다."

이 소중한 글을 다시 읽고 집필하면서 깨달았다. 나는 그저 책을 좋아했던 게 아니구나. 활자 중독자구나. 코카인을 끊은 중독자들이 몸을 떨 듯이, 활자를 끊은 나는 혼을 떨며 살았구나. 다만 질 좋은 아편을 선호하는 청나라 부호처럼, 글 중의 글 고전을 편애했기에 웬만한 문장에는 반응하지 않았을 뿐. 고전을 읽어나가자 내 마음은 급속히 안정을 되찾았다. 뒤돌아보니 인생에서 서럽고 쓰리던 현재가 있을 때마다 텍스트는 내 어깨를 토닥여 줬다. '별거 아니야. 다 지나가. 너는 잘하고 있어…'

　나는 책을 버렸으나 책은 나를 버리지 않았다. [나는 활자 중독자입니다]는 수십 년 쌓은 독서 경험을 가상히 여긴 뮤즈 여신이 내게 내려 준 은총이다. 살면서 외롭고 쓸쓸할 때, 세상이 등을 돌릴 때 독자 여러분도 이 책을 읽고 작은 위로나마 얻을 수 있다면 다행이겠다.

2018년 끝자락
햇빛 찬란한 행신동에서 명로진

관계

> 너희들, 극악무도한 아비의 자식들아, 너희들이 내 말을 따르면, 너희 아비의
> 범죄에 복수할 수 있을 것이다.
>
> — 헤시오도스 지음, 김원익 옮김, [신통기]

> 칡을 캐며 임 생각
> 하루만 못 봐도 석 달 같구나
>
> — 작자 미상, [시경]

> "난 당신이 손을 잡아 줘야 하는 가엾은 장님인데도?"
> "진심으로 원해요."
> "아, 내 사랑!"
>
> — 샬롯 브론테 지음, 이혜경 옮김, [제인 에어]

일

> 너의 마땅히 할 의무를 생각해서도 네가 겁을 내는 것은 옳지 않다.
>
> – 함석헌 옮김, [바가바드 기타]

> 머물 줄 알아야 정할 수 있고
> 정해야 마음이 고요할 수 있고
>
> – [대학] 제1편 경문經文 2장

> 작은 일에 최선을 다하면 정성스럽게 된다.
>
> – [중용] 22장, 23장

감정

정의

1

—

자
존
감

세상이 나를 알아주지 않을 때

"사람들이 알아주지 않아도 성내지 않으면 그 또한 군자가 아닌가?"

– [논어] 〈학이 편〉 1장

이 평범한 말, 누구나 한 번쯤 들어 봤을 문장 안에는 공자의 절절한 아픔이 배어 있다.

기원전 551년에 태어난 공자는 기원전 479년에 세상을 떠났다. 공자는 하급 무사의 서자로 태어났기에 출신이 미천했다. 그는 오로지 학문에 뜻을 두었고 평생 공부했다.

학식이 일정 수준 이상이 되자 공자는 자신의 학문을 현실에 적용하길 바랐다. 즉, 관직에 오르길 원했다. "누구든 나를 써 주기만 한다면 나는 내가 맡은 곳을 동쪽의 주나라로 만들 수 있을 텐데…" 하며 애태울 정도였다. 동쪽의 주나라란, 인의예지가 이상적으로 구현된 사회라는 의미다. 공자의 고향인 노나라가 주나라보다 동쪽에 있어서 이렇게 말했다.

공자는 51세 때 노나라에서 중도라는 고을의 시장이 됐다. 이듬해에 승진해서 대사구(법무장관)가 됐고 노나라 임금을 수행해서 외교 활동을 성공적으로 마치기도 했다. 55세 때 재상 대리(국무총리 서리)가 되어 관직 인생의 정점에 오른다. 이때 노나라 군주 노정공은 미녀와 환락에 빠져 정사를 돌보지 않았다. 공자는 '이 사람 아래에서는 미래가 없다'라고 판단, 노나라를 떠난다. 이때부터 13년 동안 자기를 알아줄 사람을 찾아 천하를 주유한다.

결국엔? 아무도 공자를 알아보지 못한다. 공자 일생 72년 동안 51세에서 55세까지 딱 4년 동안만 정규직 관리였다. 그 이전에도 그 이후에도 공자는 무직이었다. 늘 누군가 자기를 써 주기를 바랐다. 한 나라의 왕이 자신을 관직에 임명해 이상을 펼칠 수 있게 되기를 원했다.

노나라를 떠난 공자는 위나라로 간다. 위나라 왕은 양성애자에 우유부단한 성격이었다. 위나라를 군사적 강국으로 만들려는 욕심이 좀 있었을 뿐 공자의 이상 따위에는 관심이 없었다. 위나라 왕비가 공자에게 호감이 있어 공자는 위나라에 얼마간 머물 수 있었다. 위나라에서 등용될 가능성이 보이지 않자 공자는 진陳나라로 간다. 가는 도중 '광匡'

땅에서 이곳 사람들의 오해(자기들을 괴롭힌 인물과 공자가 비슷하다는 추측)로 5일 동안 억류당한다.

공자는 위나라로 돌아왔다. 이후 진晉나라로 가려다 진나라 임금이 어진 신하를 죽였다는 말을 듣고 돌아온다. 또 송나라에 갔다가 그곳 관리의 박해를 받고 정나라로 피신, 잠시 머물다 다시 진陳나라로 갔다. 진나라 임금의 호의로 몇 년 머물렀으나 이곳은 약소국이었다. 이웃한 강국 오나라의 침략으로 진나라가 혼란에 빠지자 공자는 채나라로 떠난다. 가는 도중 길이 막혀 오도 가도 못한 채 제자들과 함께 7일을 굶주리기도 했다.

이후에 초나라로 가니 초나라 왕이 공자를 알아보고 중용하려 했다. 그러자 이때는 초나라 신하들이 반대했다. 그들에게 공자와 제자들은 막강한 라이벌이었다. 초나라 왕에게 "저들이 뛰어난 것은 사실이지만 그들의 세력이 커지면 당신의 자리도 위험하다"라는 말에 식겁한 초 왕은 공자 캐스팅을 취소한다. 공자는 다시 위나라로 돌아온다. 이외에도 공자는 여러 지역을 헤맸다.

시대는 춘추전국의 혼란기. 대국이랄 수 있는 제, 초, 위, 노, 진晉, 오와 그 외의 여러 소국이 서로 물고 물리며 싸웠다. 각국의 임금은 부국강병을 정책의 일 순위에 놓았다. 부유한 나라를 만들어 강군을 유지하려면 인재가 필요했다. 제자백가라 하지 않는가. 혼란의 시대엔 다양한 사상과 이론으로 무장한 인텔리가 나타나기 마련이다. 군사를 강하게 만들어 주겠다는 병가兵家, 먹고사는 문제를 해결해 주겠다는 농가農家, 강력한 법으로 나라를 이끌어야 한다는 법가法家, 반전주의와 겸애를 주장한 묵가墨家 등등.

대국은 대국대로, 소국은 소국대로 이들을 등용해 나라의 힘을 비축했다. 강병을 가능하게 하고 전쟁에서 이기는 노하우를 잘 아는 병법 전문가들은 섭외 0순위였다. 잔혹한 형벌이 수반되는 법 통치에 능통한 자들 역시 스카우트 대상이었다. 하다못해 농사짓는 법만 잘 알아도 관직을 차지할 수 있었다. 그런데 공자는?

위나라 임금 혹시 군대를 배치하는 진법에 대해 잘 아시오?

공자 진법에 대해서는 잘 모릅니다. 다만 제사 지내는 방법에 대해서는 잘 압니다.

[논어]의 한 장면이다. 위나라는 북으로는 유목 민족, 서로는 진나라의 위협을 받고 있었다. 종종 반란에도 대비해야 했다. 이 나라의 군주가 병법에 관심을 둔 건 당연하다. 국방이 우선이었다.

위나라뿐 아니라 다른 나라도 상황은 다르지 않았다. 국방과 경제-예나 지금이나 시급한 과제였다. 모든 군주가 이 두 장르에 목숨을 걸었고 국방과 경제 문제를 해결해 줄 관리를 애타게 찾고 있었다. 이런 사람들이 불러서 간 면접 자리에서 공자는 뭐라고 했을까?

군주 병법이나 농업 생산량 증가에 대해 아이디어가 있습니까?

공자 그런 것도 중요하지만 사람은 무엇보다 인ㄷ 해야 합니다.

이러니 누가 공자를 써 주랴. 인이란 게 뭣이더냐? 제자인 번지가 "도대체 인이 뭡니까?"하고 물으니 공자는 "사람을 사랑하는 것"이라고 간단명료하게 대답했다. 결국, 공자의 인 사상도 사랑이다. 피 터지는 전쟁의 와중에, 학정과 박해와 기아의 한복판에서 아이러니하게도 공자는 사랑을 외쳤다. 그 때문에 그는 평생 실업자요, 백수로 남는다.

그 덕에 그는 남는 시간에 제자들을 가르치고 자신의 사상을 공고히 한다. 꿈이 좌절된 한 사나이의 생각이 2,500년 동양 사상의 가장 거대한 축이 되었다는 사실은 역사의 독설이다. 만약 공자가 초나라의 어느 고을 군수라도 되어 노년을 보냈다면, 오늘날 그의 위대한 어록은 없었을는지 모른다. 우리에겐 천만다행이다. 하지만 공자 자신에게는?

'내가 공부도 참 많이 했는데… 아는 것도 많은데… 이상 사회를 건설할 복안도 있는데… 행정을 모르는 것도 아닌데… 나한테 맡겨만 주면 정말 잘할 자신이 있는데… '

이런 생각을 하며 평생을 보낸 사람. 지식은 넘치고 능력은 탁월하며 다양한 인재를 몰고 다녔던 사람. 누구든 등용만 하면 어느 곳이든 맡겨만 주면 잘 다스릴 수 있을 거라 생각하며 기다리고 또 기다렸던 사람. 그런 사람이었다 공자는.

자신을 알아주지 않는 세상에 화가 나고 성이 나고 분통도 터졌으리라. 안타깝고 서럽고 억울했으리라. 자신보다 못한 이들이 도지사, 서울시장, 장관이나 총리 자리를 턱턱 맡는 걸 보고 허탈하기도 했으리라.

공자는 72년 일생에서 4년을 제외한 나날을 그렇게 보냈다. 평생 취업 준비생이었다. 축구 실력은 호나우두인데 그라운드에 나가지 못한 꼴이다. 벤치에 앉아서 경기에 참여한 선수들을 바라보며 '나라면 저렇게 안 했을 텐데, 나라면 저기서 슛을 했을 텐데'하는 생각을 복기하고 또 복기하는 심정. 그 마음을 생각하면 눈물이 난다.

나 역시 그간 꽤 여러 권의 책을 쓰면서 벤치 멤버의 감정을 느껴본 적이 한두 번이 아니다. 나보다 못한 것 같은 사람이 유명해지고, 나보다 글을 못 쓰는 것 같은 사람이 베스트셀러를 내고, 나보다 실력이 모자라는 것 같은 이가 돈을 잘 버는 것을 보면 세상 살맛이 나지 않았다. 그럴 때면 나를 알리려 했고 힘 있는 사람을 찾아갔고 접대를 했다. [논어]를 서른 번쯤 읽다가 어느 날 공자의 통렬한 외침이 들려온 다음부터 나는 접대를 끊었다.

"세상이 날 몰라 줘도 성내지 않으면 그 또한 군자가 아니랴."

공자의 절규가 들리는가? 공자는 깨달은 것이다. 아무리 능력이 뛰어나도 사람들이 알아주지 않는다는 것을. 아무리 내 뜻이 커도 세상은 몰라준다는 것을. 이럴 때 분노해 봐야 나만 손해라는 것을. 관조하고 진정하고 평정심을 유지할 뿐. 그래야 군자가 아닌가? 공자는 죽을 때까지 이렇게 스스로 위로했다. 그러니 당신도 살아라. 당신이 아무리 애써도 사람들은 알아주지 않는다. 세상이 인정해 주지 않는다. 그래도 성내지 말고 지내라. '그러려니…' 하면서.

참고 도서

_____ 김용옥 지음, [논어 한글 역주], 통나무 2008
_____ 임자헌 지음, [군자를 버린 논어], 문학동네 2016

자신이 초라하게 느껴질 때

"사람은 누구나 귀하게 되고 싶은 마음을 갖고 있다. 사람은 누구나 자신의 몸에 귀한 것을 지니고 있다. 다만 그것을 생각하지 못할 뿐이다. 남이 귀하게 해 준 것은 진실로 귀한 것이 아니다. 조맹이 귀하게 해 준 것은 조맹이 천하게도 만들 수 있다."

– 맹자 [고자 상]

"줄을 잘 못 섰다."

중견기업에서 한창 잘나가던 동민은 부장이 되기 직전에 회사를 그만뒀다. 왜? 그 회사엔 A 씨 라인과 B 씨 라인이 있었는데 그는 B 씨 라인이었다. A 씨가 부사장이 되면서 B 씨는 지방으로 좌천됐고 B의 심복이었던 동민도 직위에 맞지 않는 업무가 주어졌다. 그만두라는 의미였다. 동민은 사표를 내고 다른 일을 시작했다. 이런 일은 비일비재하다. 대기업에서도 마찬가지다.

십여 년 전, 전역을 앞둔 중령과 대령 십여 명에게 글쓰기를 가르친 적이 있다. 한 학기 동안 강의하면서 이들과 친해졌다. 군인은 역시 달랐다. 순수하고 진솔하고 리더십이 있었다. 그들과 함께 있으면 세상을 얻은 기분이었다. 연대장 급 영관들은 그들보다 어린 나를 선생으로 대접했다. 뒤풀이 때도 늘 나를 최우선으로 대우했다. 대접받는 자가 대접할 줄 알았다. 종강 파티 자리에서 내가 "그동안 나이도 어린 저를 좋게 봐 주셔서 너무 감사하다"라고 했다. 그때 누군가 이런 이야기를 했다.

"군에 이런 말이 있어요. '작전에 실패한 장교는 용서해도 의전에 실패한 장교는 용서 못한다.' 하하하." 동석한 사람들이 모두 따라 웃었다. 나도 웃었다. 하지만 그 말은 내게 충격이었다. 한마디로 전투에 실패해도 상관만 잘 모시면 된다는 의미 아닌가? 본말이 전도된 것 아닌가? 분명 농담이지만 세상의 모든 농담이 그렇듯 이 농담 안에는 반쯤의 진리가 숨어 있었다. '일은 잘 못 해도 용서가 되지만 윗사람을 잘 모시지 못하면 도태한다.'라는 진리. 긍정적으로 해석하면 실력이 모자라면 양해가 되지만 인간성이 나쁘면 용서가 안 된다는 의미가 되려나.

실력이냐, 인성이냐? 군인에게만 해당되는 명제는 아니다. 인간사에 모두 적용된다. 경영학과 리더십의 단골 주제이기도 하다. 인성이 실력이라고 말하는 이도 있다. 실력과 인성을 모두 갖춘다면 최고의 리더겠지만 굳이 둘 중 하나를 택하라면 인성이 먼저라고 주장하기도 한다. 일은 가르치면 되지만 인성은 가르칠 수 없다고. 이미 가정교육에서 결정된다고. 심지어 "인성은 DNA처럼 주어진다."라는 설도 있다.

경영학이나 심리학 이야기는 이쯤 해 두자. 어떤 사람은 실력과 인성을 두루 갖추었는데 좌절하기도 하고 어떤 이는 실력도 인성도 별로인데 높은 자리에 오르기도 한다. 왜 아니겠나? 그것이 인생인데.

[맹자]에서 말하는 조맹이란 사람은 춘추전국시대 진晉나라 권력자였다. 주요 관직에 대한 인사권을 쥐고 있었다. 그와 친하고 그에게 아부하는 이에게는 좋은 자리를 주고 그와 소원하고 그에게 잘못 보인 사람에겐 한직이나 천직을 줬다. 일을 잘 해도 조맹에게 찍히면 자리에서 물러나야 했다. 맹자는 "조맹에 의해 좋은 자리에 올랐다면 조맹에 의해 추락할 수도 있다"면서 타인에 의해 귀하게 됐다면 타인에 의해 천하게도 될 수 있다고 일갈한다. "결국 중요한

것은 너 자신이다. 왜 이 단순한 사실을 모르는가!"

　맹자는 수십 개의 나라가 전쟁으로 날을 지새우는 혼란의 시기를 살았다. 도덕이나 예의는 사라지고 합종연횡의 전략과 약육강식의 원칙만 남은 시대였다. 조맹 정도 되는 관리의 말 한마디에 지위뿐 아니라 생명이 오가는 무법천지였다. 맹자는 이런 아비규환의 시대 속에서 홀로 "인의가 중요하다."라고 외치고 다녔다. 자신이 옳다고 여기는 신념 앞에서 양보는 없었다. 그는 왕조차도 가볍게 여겼다. 맹자에게 중요한 것은 오직 백성, 다시 말해서 사람이었다. 맹자는 휴머니스트였다. 그 외의 것은 하찮았다.

　맹자는 논리가 정연하고 학식이 높아 따르는 이가 많았다. 전국적인 유명세도 있었다. 그에게 정치적 조언을 원하는 왕도 많아 맹자는 로비 자금을 넉넉히 받으며 중국 전역을 돌았다. 그는 누구도 그에게 조맹 역할을 하게 놔두지 않았다. 그의 언행은 거침없었다. 왕 앞에서도 직언을 서슴지 않았으며 왕의 감정이나 기분 따위는 고려하지 않았다. 한비자가 말한 '절대 건드리면 안 되는 군주의 약점' 즉 역린 같은 것을 맹자는 마구 들쑤셔댔다.

"내 정원 참 멋있죠? 주문왕의 정원은 사방 70리인데도 백성들이 작다고 했다면서요. 제 거는 사방 40리밖에 안 되는데도 크다고 난리입니다. 왜죠?"

제선왕이 묻자 맹자가 답했다.

"주문왕은 정원에 백성이 드나들어 나무를 하고 사냥을 하게 놔두며 그 땅을 함께 누렸습니다. 지금 당신의 정원에 백성이 들어가 사슴을 사냥하면 살인죄로 다스린다 하니 누가 좋아하겠습니까? 당신의 정원은 사방 40리의 함정일 뿐입니다."

사이다! 이런데도 제선왕은 맹자를 내치지 않고 컨설팅을 받았다(그 정도 그릇이었기에 그는 [맹자]에 이름을 남겼다.). 인맥은 중요하다. 네트워크는 유효하다. 하지만 그것이 전부는 아니다. 나를 귀여워해 주는 이가 내 존재를 좌우한다면 나는 그의 애완견일 뿐이다. 애완견은 언제든 유기견이 될 수 있다.

영민한 청소년으로 자라 최고의 대학을 나온 엘리트가 어떤 항공사에 들어가서 무기력한 존재가 되는 이유는 하나다. 내 지위를 들었다 났다 하는 금수저 3세의 눈 밖에 나지 않기 위해 내 속의 귀함을 버리기 때문이다. 내 속의 귀함을 희생시키면서 일하면 나를 잃고 만다. 나를 잃고 월급을 받은들 무슨 소용이랴. 옳은 말을 귀담아듣지 않는 리더의 말로는 패망이다. 우리는 훌륭한 리더를 선택할 권리가 있다.

맹자는 말한다. "人人有貴於己者(인인유귀어기자) 弗思耳(불사이)- 사람은 누구나 자신의 몸에 귀한 것을 지니고 있다. 다만 그것을 생각하지 못할 뿐이다."

(다이아몬드 목걸이를 차지 않았어도) 당신은 초라한 사람이 아니다. 당신은 귀한 사람이다.

참고 도서

맹자 지음, 이기동 옮김, [맹자강설], 성균관대학교 출판부 2010

맹자 지음, 박경환 옮김, [맹자], 홍익출판사 2005

나는 활자 중독자입니다

포기하고 싶을 때

"신이 거를 만들고자 할 때 기운을 소모한 적이 없습니다. 반드시 재계해 마음을 깨끗이 합니다. 삼 일간 재계하면 상을 받는다거나 벼슬을 얻는다는 생각을 품지 않게 됩니다. 오 일간 재계하면 세상의 비난과 칭찬, '잘 만들어질까' 하는 걱정에 매이지 않게 됩니다. 칠 일간 재계하면 제게 팔다리와 몸뚱이가 있다는 것조차 잊게 됩니다. 이쯤 되면 공적인 일이나 조정에 대한 관심이 없어집니다. 제 기술에만 집중할 수 있고 그 밖의 관심은 모두 사라집니다. 그런 후에 산 숲으로 들어가 본래 성질이나 생김새가 가장 좋은 나무를 찾아 마음으로 완성된 거의 모습을 그려 봅니다. 그러고 나서 나무에 손을 대기 시작합니다."

– 장자 지음, 조현숙 옮김, [장자] 달생 편

거鐻는 종을 거는 나무틀이다. 춘추 시대, 거를 기가 막히게 잘 만드는 재경이라는 목수가 있었다. 사람들은 그의 작품을 보고 모두 귀신같은 솜씨라며 놀랐다. 노나라 임금이 그에게 비법을 묻자 앞처럼 대답했다. 재계는 '목욕재계'라 할 때의 그 말이다. 몸과 마음을 깨끗이 한다는 뜻이다. 오강남 교수는 금식이라 해석했다.

거 제작의 달인 재경은, 주문이 들어오면 목욕하고 금식한다. 밥을 굶어야 밥이 생긴다. 왜? 잡념을 없애기 위해서다. 인간이 산다는 것은 먹고 싸는 것이 가장 기본이다. 신진대사의 대부분은 먹는 것에서 시작한다. 그런데 먹는 것을 끊으니 몸은 할 일이 없어진다. 장기간의 금식은 몸을 해치지만 일주일 단식은 오히려 몸에 활력을 준다. 이때 한 가지를 생각하면, 소화에 들어갈 에너지가 몰린다. 재경은 모든 에너지가 '거'라는 화두에 쏠리게 만들었다.

재경은 처음에는 거를 만들면 얼마를 받을까, 상을 따로 받을까, 잘 만들어서 문화부에 전통예술품제작 담당 팀장 자리 하나 얻을 수 있지 않을까 하는 생각을 한다. 이런 생각도 사흘이 지나면 없어진다. 작품 잘 만들어서 칭찬을 받을까? 혹 '이번 것은 엉망인데' 하는 소리를 듣는 건 아닐까? 이런 잡념도 닷새가 지나면 사라진다. 일주일쯤 되면 오로지 자신에게로 모든 관심은 모여든다. 침잠沈潛. 그가 가진 총명과 기술은 하나의 미래, 하나의 작품으로 집중되는 것이다. 이렇게 빈 마음과 가라앉은 생각으로 산에 오른다. 휘적휘적 걷다 보면 나무들이 말을 걸어온다. '나를 써줘.' '난 아니야.' '나는 어때?' 그러다 한 나무 앞에 멈춰 선다. 그 나무는 분명한 목소리로 말한다. '내 안에 거 있다.'

　이미 거는 완성된 모습으로 바로 그 나무, 오직 한 나무 안에 내재되어 있다. 재경에게 필요한 것은 불필요한 부분을 깎아내는 일뿐이다. 재경이 만든 거를 보고 사람들은 "귀신이 만든 것 같다"라고 했다. 재경은 말한다. "다만 자연과 자연이 만난 것뿐"이라고.

나는 포기하고 싶은 사람에게 "포기 말라"고 하고 싶지 않다. 몇몇 유튜브 동영상은 절대 포기하지 않는 어린아이들의 모습을 보여 준다. 줄다리기에서 혼자 힘을 써서 팀을 살리는 카자흐스탄의 초등학생, 뜀틀을 몇 번의 시도 끝에 성공하는 일본의 어린이, 베개 싸움에서 질 듯 질 듯하다가 이기는 소녀… 감동적이고 대견하다. 그러나 이런 동영상은 '포기하지 않는 것이 최선'이라는 상투적 명제를 담고 있다. 착한 사람은 복을 받고 악한 사람은 벌을 받는다는 일반론과 통한다. 그래서 위험하다. 세상이 늘 그렇지는 않기 때문이다.

착한 사람은 당하고 악한 사람은 등을 친다. 착한 사람은 있는 것도 빼앗기고 악한 사람은 있는데도 더 갖는다. 착한 사람은 가난하고 악한 사람은 잘 산다. 착한 정치인은 자살하고 살인마는 알츠하이머에 걸리면서도 천수를 누린다(검색어 항목에 알츠하이머 29만 원). 도대체 무엇이 하늘의 뜻이란 말인가?

탈일상화의 창시자였던 장자는 재경을 통해 포기의 미

학을 역설적으로 이야기한다. 재경이 최고의 거를 만들고
자 제일 먼저 하는 일이 금식인 까닭은 포기를 빠르게 하기
위해서다. 좋은 상을 타겠다, 제작비를 많이 받겠다, 벼슬
을 얻겠다 하는 것은 모두 욕망이다. 욕망이 있는 한 포기
는 없다. 그런데 훌륭한 작품을 만들기 위해서는 아이러니
하게도 훌륭한 작품에 따르는 온갖 부산물을 잊어야 한다.
훌륭한 작품을 만들겠다는 생각조차 덜어내야 한다. 그래
야 진짜 훌륭한 작품이 탄생한다. 걸작은 예술가가 만드는
것이 아니라 이미 존재한다. 예술가는 그걸 발굴하기만 하
면 된다.

　최고의 달인 재경은 고의 포기라는 방법을 택한다. 그
방법을 뒷받침하는 인공적 수단이 금식이다. 생리적 현상
마저 유보하고 하나에 집중하는 것이다. '절대 포기하지 말
아야지'가 아니라 '어서 포기하자'라는 허허실실 작전. 포기
하지 않는 강고함으로 목적을 달성하는 것이 아니라 미필
적 포기라는 유연함으로 목적 자체가 알아서 달성되도록
하는 것. 애써서 나무를 자르고 거를 깎아내는 것이 아니
라, 거를 품은 나무로 하여금 알아서 드러내도록 함. 이것이

포기함으로써 포기하지 않는 달인의 비법이다.

장자는 또 다른 대목에서 '기성자와 싸움닭'의 예를 들어 포기의 힘을 강조한다. 기성자는 왕의 싸움닭을 훈련했다. 열흘이 지나 왕이 "준비됐느냐?"라고 묻자 "제 기운만 믿고 있으니 아직 멀었다."라고 답한다. 다시 열흘이 지나 묻자 "다른 닭을 노려보며 성만 낸다."라며 역시 안 된다고 했다. 열흘 뒤 왕이 묻자 기성자가 대답했다.

"이제 된 것 같습니다. 다른 닭의 울음소리가 들려도 아무런 변화가 없습니다. 멀리서 보면 나무로 만든 닭 같습니다. 본래 모습 그대로입니다. 다른 닭들이 감히 대응을 하지 못하고 달아나버립니다."

싸움닭이 싸움을 잊을 때, 최고의 싸움닭이 된다는 역설. 제 기운을 믿고 설칠 때나 다른 닭을 향해 전의를 불태울 때조차 싸움 준비가 되지 않았던 닭이 아무런 변화 없이 평정심을 유지할 때 비로소 절정고수가 된다는 패러독스. 장자는 어깨에 힘이 들어가 있는 한, 그 어떤 싸움에서도 이길 수 없음을 강조했다.

이용규 목사는 그의 책 [내려놓음]에서 이렇게 말한다.

아들 동연이가 두 살 때 장난감 가게에 간 일이 있다. 동연이는 자신이 좋아하는 버즈 장난감을 두 팔로 꼭 움켜쥔 채 가게를 나오려고 했다. 그러나 장난감을 가지기 위해서는 그것을 계산대에 올려 점원이 바코드 판독기로 읽게 해야 했다. 그래서 점원이 동연이의 팔에서 장난감을 넘겨받으려고 했을 때, 동연이는 울며 장난감을 꼭 쥔 채 내려놓으려 하지 않았다. 장난감이 진정한 자기 것이 되게 하기 위해서는 잠시 계산대에 그것을 내려놓아야 한다는 것을 몰랐던 것이다… 우리가 내려놓기 전에는 진정한 우리 것을 얻을 수 없다.

먼저 내려놓아야 우리가 원하는 것을 얻을 수 있다. 내려놓기 싫어서 울며 떼를 쓰는 한, 우리는 영영 그것을 가질 수 없다. 나는 십수 년 동안 글쓰기 강의를 하면서 불필요한 몇 문장을 포기 못 해 전체 글을 망치는 수강생을 수도 없이 봐 왔다. 일단 삭제해야 완성에 가까워진다. 절대 포기하지 못하면 신이 너를 절대 포기하게 된다. 우선 작은 걸 버려야 큰 게 온다. 그러므로 포기하고 싶을 때는 포기해라. 그게 맞다.

참고 도서

_____ 장자 지음, 조현숙 옮김, [장자] 책세상 2016

죄책감에 사로잡힐 때

"어설프게 반쯤 끝낸 일들, 대화, 죄악, 덕성, 이런 것들 때문에 오늘날 세상이 이 모양 이 꼴이오. 목표까지 도달하라. 모두들! 투쟁하라! 투쟁에서 승리하라. 하느님은 우두머리 악마보다 덜떨어진 악마를 더 싫어하신다."

- 니코스 카잔차키스 지음, 김욱동 옮김, [그리스인 조르바]

1946년에 발간된 [그리스인 조르바]는 자유로운 영혼을 가진 한 사나이의 이야기다. 학교 교육을 제대로 받지 못한 조르바는 주인공인 작가에게 "책을 읽지 말라"라고 말한다. 그러고는 몸으로, 코로, 피부로 세상을 받아들이라고 한다. 눈과 머리만으로 세계를 인식했던 주인공 '나'는 조르바와 함께 지내면서 새로운 사상에 눈을 뜬다. 그중 하나는 "쓸데없는 죄책감에 사로잡히지 말 것!"이다.

조르바에 따르면 죄악과 덕성은 동전의 양면이다. 그에게 죄란, '어설프게 반쯤 끝낸 일'이다. 삶은 도 아니면 모인 것, 죽도 밥도 아닌 일은 조르바에게 치욕이다. 조르바는 삶에 대한 그만의 깨달음이 있는 사람이다. 지금 여기서 누릴 수 있는 것들에 감사하고, 자연의 아름다움에 감탄하고, 포도주와 여자를 탐닉하는 인간이다.

한번은 주인공이 망나니 같은 조르바에게 묻는다. 한 번이라도 조국을 위해 싸운 적이 있느냐고. 조르바가 "그런 바보 같은 이야기는 하지 말라."라고 하자 주인공은 "조국에 대해 그렇게 말하는 게 부끄럽지도 않느냐?"라고 되묻는다.

조르바는 흥분해서 이야기한다. 오래전, 그는 자신의 조국인 마케도니아를 위해 혁명 유격대에 참여한 적이 있다. 적군인 불가리아 유격대원을 살해하고 며칠 뒤, 시장에서 그 유격대원의 아이들이 구걸하는 모습을 보고 '눈앞이 캄캄해지고 지구가 물레방아처럼 빙글빙글 도는' 충격을 받는다. 조르바는 말한다. "그날 이후 난 내 조국으로부터, 사제들로부터 해방되었소." 자신이 옳다고 믿었던 신념 때문에 살인까지 했던 조르바. 그러나 누군가에게 옳은 행동이 또 다른 누군가에게는 불행으로 현시될 때 그 사이에 선 현자는 옳고 그름의 판단 자체를 버린다. 조르바는 판단 유기를 통해 조국에 대한 의무감과 뭔가를 지키지 않았다는 죄책감에서 해방된다.

우리는 왜 죄책감에 사로잡힐까? 아니, 도대체 뭐가 죄일까? 선한 사람 대부분은 극단적 죄책감에 사로잡힐 때가 있다. 가까운 사람이 세상을 떴을 때다. 오래전, 죽마고우 K가 간경화로 사망했을 때, 그의 장례식장에서 K의 누님이 말했다.

"얘가 죽기 며칠 전에 너 한번 보고 싶다고 그러더구나."

K의 사망일은 12월 초였다. 나는 분명히 기억한다. 11월 말, K가 내게 전화했던 것을. 나는 일부러 받지 않았다. 그가 병원에 입원하기 전까지, 수년 동안 그는 알코올 중독 상태였다. 1년에 두어 번은 만났는데 만날 때마다 그는 앉은 자리에서 소주 서너 병을 마셨고 또 자리를 옮겨 호프집에서 맥주를 들이켰다. 한 이야기를 또 하고 또 하고… 죽마고우였지만 나는 그와 만나는 자리가 힘들어졌다. 1년 가까이 이런저런 핑계를 대고 일부러 그와 만남을 피했다. 그래도 전화는 받았었다. 11월 말 그날. 전화기에 그의 이름이 떴다. 가만히 들여다보면서도 나는 그의 호출을 무시했다. 바로 그게 그가 죽기 전 마지막으로 내게 한 연락이었다.

누님 이야기를 듣고, 나는 걷잡을 수 없는 죄책감에 사로잡혔다. 전화를 받아 줄 걸. 마지막으로 얼굴 한 번 볼 걸. 누님의 말을 듣고 나서 환하게 웃고 있는 녀석의 영정 사진을 보니 눈물이 쏟아져 나왔다. 한때 우리는 얼마나 친근했던가? 조르바처럼 이태원 거리를 헤매었다. 20대에 세상을 다 가진 듯, 밤거리를 쏘다녔다. 녀석이 대기업에 입사해서 처음 프라이드를 뽑았을 때, 첫 시승자는 나였다. 빨간색 자가용을 몰고 자랑스레 우리 집 앞에 와서 "야! 타!"를 외쳤다. 그 길로 우리는 강릉까지 다녀왔다. 웃고 떠들고 서로를 그리워했다. 그랬던 우리 사이가 언제부터 어긋난 걸까? 잘나갈 때는 기쁘게 만나지만, 아프고 외로울 때는 외면한단 말인가? 이게 너란 말인가? 장례식장 한구석에서 나는 이런 자책으로 소주를 입에 털어 넣었다.

지금 와서 생각해 보니, 그가 죽은 것은 내 탓이 아니다. 그의 마지막 연락을 무시한 것은 내 잘못이지만 나 역시 언제까지 자책에 시달릴 수는 없다. 산 사람은 살아야 하므로. 그것도 온 힘을 다해 살아야 하므로.

"어디 한 번 흥청망청 놀아볼까요? 여자들도 포도주도 바다도 일도 말이오. 뭐든 있는 힘을 다 쏟아서 말이오. 일도 힘껏, 포도주와 섹스도 힘껏. 하느님도 두려워하지 않고, 악마도 두려워하지 않을 거요. 젊고 힘이 있다는 건 바로 그런 거니까."

조르바는 하느님도 악마도 두려워하지 말고 '지금 여기서의 삶'을 즐기라고 외친다. 하느님은 누가 만들었고 악마는 누가 만들었는가? 종교가 있는 사람들은 신에 대해 '원래부터 존재하심'을 믿지만 비트겐슈타인 같은 철학자는 "하느님도 악마도 그저 인간의 언어가 만든 허구일 뿐"이라고 일축한다.

땅 위에 금을 그어 놓고 "이 금을 넘어오면 안 된다."는 이야기를 들으면 우린 그 규칙을 지켜야 하는 것으로 알고 살아간다. 규칙 또는 법을 깨는 순간 우리는 죄책감에 사로잡히고 스스로를 괴롭힌다. 그러나 가만히 생각해 보자. 금은 누가 그었는가? 금지로부터 이익을 얻는 사람은 누구인가? 조르바는 이런 생각조차 '머리에 먹물만 가득 찬 자들의 쓸데없는 논쟁'이라고 치부한다.

"하느님도 먹고 싶을 때 먹고, 원하는 여자를 고르지. 물 찬 제비 같은 여자가 지나가는 걸 보면 당신 가슴도 쿵쿵 뛰지. 그런데 갑자기 땅이 갈라지고, 이 여자가 사라져 버리는 거야. 어디로 가고 있을까? 누가 이 여자를 데려가는 걸까? 행실이 참한 여자라면 사람들은 하느님이 데려갔다고 할 테지. 하지만 요부라면 악마가 데려갔다고 하겠지. 하지만 보스 양반, 하느님과 악마는 동일한 존재요!"

조르바는 그저 여자만 보면 죽고 못 사는 바람둥이일 뿐일까? 책에서는 조르바가 바람둥이 신 제우스를 변호하기까지 한다. 조르바는 이런 질문을 던진다. 도대체 사랑이 없다면 하느님이든 악마든 무슨 소용이란 말인가?

"이 세상에서 좋은 건 하나같이 악마가 만들어 낸 거야. 봄철, 아름다운 여자들, 포도주―모조리 악마가 만든 것이지. 수도사, 금식, 샐비어 차, 못생긴 여자들―이것들은 죄다 하느님이 만든 거고. 이런 망할 데가 있나!"

(조르바가 지금 저런 말 하고 다니면 맞아 죽었을 거다.) 고전에서 성인과 현자들은 타인의 기준이 아닌 너만의 내적 기준에 따라 살아가기를 강조한다. 남들이 보기에 '너는 죄인이다'가 중요한 것이 아니라, '누구든 죄 없는 자가 이 여인에게 돌을 던져라'라는 명제가 우선이다. 죄 없는 자가 한 사람도 없기에 예수는 이렇게 말했다. 그의 말에 창녀를 둘러싸고 돌로 쳐 죽이려던 사람들은 하나둘 물러선다. 이들 역시 위대한 조연이다. 죄에 대한 내적 기준에 비추어 보니 스스로 떳떳하지 못하다는 것을 알았기 때문이다.

산다는 것이 죄짓는 일이다. 탄생 자체가 죄다. 우리는 누구나 죄에 대한 내적 기준이 있다. 태어날 때부터 선한 심성을 품고 있기 때문이다. 죄를 짓고, 죄책감을 느끼는 것은 당연하다. 그러나 거짓말을 한 번 했다고 해서 돌을 지고 우물에 뛰어들지는 말자.

참고 도서
_____ 니코스 카잔차키스 지음, 김욱동 옮김, [그리스인 조르바], 민음사 2018

마음이 흔들릴 때

네거리에서 헤매는 자는 목적지에 이르지 못하고,

두 임금을 섬기는 자는 아무에게도 받아들여지지 않을 것이다.

– 순자, 김학주 옮김, [순자]

사람이 사는 것은 흔들리는 일이다. 흔들리지 않으면 삶이 아니다. 현재도 그랬고 과거에도 그랬다. 순자(BC323~BC238)는 그래서 이렇게 말했다.

功在不舍
공 재 불 사

공이 이루어지는 것은 중단하지 않는 데 달려 있다.

순경 선생 순자의 일생은 불행했다. 일찍이 수재로 이름을 날렸지만 쉰 살이 다 되어서야 제나라의 국립 연구소라 할 직하학사의 좨주(학자 대표)가 됐다. 당시 여러 나라를 돌며 관직을 얻으려는 유세가는 말로 흥하기도 하고 말로 쇠하기도 했다. 순자는 제나라에서 모함을 받아 초나라로 가서 난릉 지방의 영주가 됐으나 이곳에서도 "순자는 어진 사람이라 따르는 자가 많으니 위험하다"라는 이유로 쫓겨났다. 이후 순자는 여기저기를 떠돌다 말년에 초나라로 돌아와 난릉에서 죽었다.

이런 생각이 든다. 춘추 전국 시대에 행복한 유세가가 있었던가? 시대 자체가 불행했다. 550년 동안 전쟁으로 날이 새고 밤이 깊었다. [사마천, 인간의 길을 묻다]에서 김영수 선생은 "춘추 전국 시대에는 1년에 평균 1회 이상 전쟁이 있었다. 기록된 것만 이 정도니 실제는 더 많았을 것."이라고 말한다. 부부싸움 한 번만 해도 며칠 동안 우리 영혼은 피폐해진다. 나라와 나라 사이에 허구한 날 전쟁이라면 어떻게 살겠는가? 공자도 순자도 한비자도 모두 불행했다. 심지어 병법의 천재라는 오기조차도 수백 대의 화살이 몸에 박힌 채 죽었다. 이렇듯 흔들리는 시대를 살면서 흔들리지 않는 삶을 산다는 것은 모순이다.

또 이런 생각이 든다. 불행하지 않은 시대가 있었던가? 행복과 평화가 이어진 시대가? 중국만 봐도 정관의 치(당태종 재위 시절), 개원의 치(당현종 재위 전반부) 등 20~30년 평화로운 시기가 있었으나 역사 전체로 볼 때는 새 발의 피였다.

중국은 역사 이래로 청나라 말까지 3,700여 회 전쟁을 치렀다. 따라서 이 나라는 항상 전쟁 중이었다고 보면 된다. 저 3,700여 차례의 전쟁 중 900회는 한민족과 싸운 것이었으니 우리나라도 역사 전반적으로 보면 늘 전쟁 중이거나 전쟁 대비 중이거나 휴전 상황이다.

그러나 또 이런 생각도 든다. 불행하지 않은 사람은 있었던가? 흔들리며 살지 않은 사람이 있었던가? 공자는 40세가 될 때까지 흔들렸다. 40이 되어서 "이제는 불혹"임을 알았다지만 그의 행적을 살펴보면 갈등투성이다. 70세가 되어서야 "무슨 일을 해도 내 마음의 준칙을 벗어나지 않는다."라고 고백했으니.

예수는 십자가 위에서도 흔들렸다. 무함마드는 삶이 전쟁이었다. 소크라테스는 흔들리는 삶을 붙잡아 보려고 끝없이 질문을 던졌다. 죽음 앞에서 유유히 독배를 마셨지만 이를 마시기 전까지 제자들과 지루한 철학 논쟁을 했다. 왜? 그도 흔들렸기 때문이다. 아마도 36세 이후의 붓다만이 유일하게 흔들리지 않는 삶을 살았을지도 모른다. 그는 대답하리라. 흔들리는 것도, 흔들리지 않는 것도 없다고.

삶은 흔들림이다. 그렇지만 내내 흔들리기만 해선 안 된다. 결단해야 한다. 그 결단은 흔들림 속에서 이루어진다. 장수의 공격 명령은 움직이는 말 위에서 하는 것이지 견고한 탁자 위에서 내려지는 것이 아니다. 비록 네거리에서 방황하고 있더라도 한순간, 어느 길로 갈 것인지 결정해야 한다. 그리고 나서는 오로지 매진해야 한다. 뒤돌아보지 않아야 한다. 순자는 말한다.

칼로 자르다 중단하면 썩은 나무라도 자를 수 없고, 중단하지 않으면 쇠나 돌이라도 자를 수 있다. 반걸음이라도 내딛지 않으면 천릿길을 갈 수 없고 작은 흐름이 쌓이지 않으면 강과 바다가 생길 수 없다.

이제 가는 일만 남았다. 그러나 어쩐다? 속도가 느리다. 방향을 정하여 가긴 가되 다시 의구심이 든다. 이렇게 가서 언제나 도착할까? 끝이 있기나 할까? 뭔가 이룰 수 있을까? 순 선생님이 힘을 준다.

천리마도 한 번 뛰어 열 걸음을 갈 수 없고, 둔한 말도 열 배의 시간과 힘을 들여 수레를 끌면 천리마를 따를 수 있다.

순자는 꾸준한 추구를 최상의 가치로 여겼다. 그럼, 이렇게 해서 순자가 원했던 것은 뭘까? 그는 학문을 이루기를 원했고 제자를 양성했다. "군자의 학문은 귀로 들어와 마음에 붙어서 온몸으로 퍼져 행동으로 나타난다."라고 했다. 이런 군자가 되고자 평생 노력했다.

'학문이란 죽은 뒤에야 끝나는 것이다.'라는 순경 선생의 명제를 나는 이렇게 바꾸고 싶다.

흔들림이란 죽은 뒤에야 끝나는 것이다.

(그러므로 흔들림을 멈추면… 삶도 끝난다. 누군가는 천 번을 흔들려야 어른이 된다는데, 그걸 언제 세고 있냐.) 지금 흔들리는 그대 그리고 나, 살아있음을 축복하라.

참고 도서
_____ 순자 지음, 김학주 옮김, [순자], 을유문화사 2008

나는 활자 중독자입니다
—

낙심될 때

나는 비참한 생활을 하고 있다고 해도 과언이 아니네. 거의 2년째 나는 일체 사교를 피하고 있네. "나는 귀머거리오."라고 사람들에게 말할 수가 없기 때문일세. 내 직업으로는 이것은 무서운 처지네… 극장에서 배우의 말을 알아들으려면 나는 오케스트라 바로 뒷자리에 앉아야만 하네. 조금만 멀리 떨어져 있어도 악기나 목소리의 높은음이 들리지가 않네… 그러나 또 고함을 지르는 소리에는 몸서리가 쳐지네. 내가 얼마나 여러 번 나의 존재를 저주하였는지 모르네! 나는 신이 창조한 가장 비참한 인간이라고 느껴지는 때가 한두 번이 아니었네.

– 로맹 롤랑 지음, 이휘영 옮김, [베토벤의 생애]

2017년 여름, 가족과 함께 오스트리아 빈 북쪽 하일리겐슈타트를 방문했다. 베토벤(1770~1827)은 1802년 4월 이곳으로 이사 온 뒤 죽을 때까지 살았다. 이사한 이유는 귓병 때문이었다. 그는 스물다섯 살 무렵부터 청각 장애를 앓았다. 이명에서 발전한 중이염과 장염, 신장병으로 병고를 치렀다. 의사는 그에게 공기 좋은 교외에 살 것을 권유했고 베토벤은 하일리겐슈타트로 이사했다. 이곳엔 베토벤이 살던 세 곳의 집, 자주 가던 술집, 산책로 등이 있다. 나는 베토벤이 살던 집을 방문하고, 그가 걷던 길을 걷고, 그의 흔적을 더듬었다.

하일리겐슈타트는 '오일리게'라는 와인으로 유명하다. 저녁 무렵, 우리는 오일리게와 돼지 다리 구이를 파는 야외 선술집에 들어섰다. 아이비가 중세풍 건물을 감싼 멋진 곳이었다. 종종 결혼식이 열릴 정도로 널찍한 안마당에선 왁자지껄한 소리가 들려왔다. 웃음소리, 나이프와 포크 소리, 라이브 밴드의 음악 소리… 자리를 잡고 음식을 시키고 나서 화장실에 다녀오던 나는 중정이 끝나는 곳에서 음울한 표정의 베토벤 초상과 마주쳤다. 초상 아래엔 '베토벤이 즐겨 마셨던 와인'이 전시되어 있었다.

베토벤의 얼굴과 와인, 사람들의 모습이 교차 편집되면서 내 오른쪽 귀가 울렸다. 이명 때문이었다. 나 역시 2009년부터 심각한 이명과 난청을 앓고 있다. 가끔 사람들의 대화를 놓치곤 한다. 베토벤과 동병상련이랄까? 그때, 저쪽 자리에 앉은 아들이 나를 부르며 무어라 말했다. 뭐라는 걸까? 곁에 있는 웨이터에게 뭘 시키라는 걸까? 그쪽이 화장실이냐고 묻는 걸까? 순간, 시끌벅적한 사람들 모습이 느려졌다. 내 주위에서 대화가 사라졌다. 풍경은 일시 정지했다.

소리가 사라진 세상. 그 세상에 들어선 베토벤. 그렇구나. 이런 거로구나. 사람들은 웃고 떠들며 즐거워하는데, 그게 무엇 때문인지 모르는 이방인. 타인들은 웃고 기뻐하는데 왜 그러는지 알 수 없는 소외자. 그가 베토벤이었다. 그

날 나는 베토벤이 하일리겐슈타트의 선술집에서 느꼈을 고독과 병통을 함께했다.

피아니스트이자 작곡가에게 귀가 들리지 않는 것만큼 절망적인 상황이 있을까? 화가가 앞을 보지 못하고 가수가 목소리를 잃는 것과도 같으리라(요즘엔 가수든 배우든 무조건 예능 프로에만 나오면 그만.). 먹고 자고 숨 쉬고 있다고 사는 것이 아니다. 자기가 해야 할 일을 하지 못하는 것이 인간에게는 죽음이다. 베토벤은 유명해지기 시작해서 거의 일생을 청각장애인으로 살았다. 스물다섯 이후에 죽음 속에 살았던 것과 마찬가지다. 그랬던 그에게 1801년 사랑이 찾아왔다. 줄리에타 기차르디라는 귀족 여인으로 베토벤의 피아노 제자였다. 줄리에타와 베토벤은 사제지간으로 만나 서로 사랑하는 사이로 발전했다. 이때 베토벤은 사람들과 잘 어울리며 일생에서 가장 평온한 한때를 보낸다. 사랑의 힘이었다. 베토벤은 그녀에게 '월광 소나타'를 바침으로써 음악사에 줄리에타라는 이름을 영원히 남게 한다.

그러나 베토벤과 줄리에타 사이에는 벽이 있었다. 신분이라는 벽. 베토벤은 귀족이 아니었다. 당시 음악가의 지위는 정원사보다는 높고 요리사보다 낮았다. 게다가 베토벤은 청각 장애가 점점 심해졌다. 줄리에타에게 제일 큰 문제는, 베토벤이 가난뱅이였다는 사실이다. 결국 줄리에타는 1803년 부유한 백작과 결혼해 버린다. 이 소식을 듣고 낙심한 베토벤은 유서를 쓴다. 이것이 저 유명한 '하일리겐슈타트의 유서'다.

사람들과 어울리고 싶은 충동이 수없이 일었지만 그럴 때마다 나는 얼마나 굴욕적인 생각을 맛보게 되는 것이랴…. 나와 함께 있는 사람은 멀리서 들려오는 플루트 소리를 들을 수 있는데도 나에게는 아무 소리도 들리지 않았고, 다른 사람에게는 들리는 목동의 노랫소리 또한 나는 전혀 들을 수 없었다. 그럴 때면 나는 절망의 심연으로 굴러 떨어져 죽고 싶다는 생각밖에 나지 않는다.

– 김흥식, [세상의 모든 지식], 서해문집

아이러니하게도 베토벤은 유서를 썼던 시기를 전후해서

음악사상 최고의 작품들을 작곡한다. [환상 풍의 소나타] [월광 소나타] [제3 소나타] [바이올린을 위한 C 단조 소나타] [크로이체르 소나타] [제2 교향곡] 여섯 편의 종교 가곡 등이다. 그는 실연과 병고 속에서 신에게 외쳤다. "진정한 기쁨의 소리를 들어 본 지 이미 오랩니다. 하루만, 하루만이라도 듣게 해 주소서!" 인류를 행복하게 만들어 준 음악은 거장의 고통에서 탄생했다. 베토벤은 "죽고 싶다는 생각에서 나를 구해 준 것은 오직 예술뿐"이라고 고백했다. 음악마저 없었다면 그는 자살했을지도 모른다. 실제로 자살을 시도하기도 했다.

하일리겐슈타트의 베토벤 하우스에는 특이한 피아노가 전시되어 있다. 피아노의 위쪽 부분에 커다란 공명기가 달려 있다. 청각 장애가 심한 베토벤에게 이 공명기는 피아노 음을 더 크게 하는 역할을 했다. 베토벤은 귀가 완전히 들리지 않게 된 다음에는 나무 두 토막을 실로 연결해서 한쪽은 피아노 안에 넣고 다른 한쪽은 이로 문 채 작곡을 이어 나갔다. 나무토막을 통해 전해 오는 울림만으로 곡을 만든 것이다. 베토벤 음악 대부분은 이런 식의 극한작업을 거쳐 만들어졌다. 베토벤 음악 속에 통증이 배어 있는 이유다.

우리말은 마음을 살아 움직이는 것으로 표현한다. 낙심은 떨어질 낙落에 마음 심心 자를 쓴다. 낙심이란 '바라던 일을 이루지 못하여 마음이 상함'이란 뜻이다.(아래한글 자전)

[관자]에는 이런 말이 있다. "상심자 불능치공傷心者 不能致功 (마음이 상한 사람은 힘을 다하지 않는다.)" 흔히 우리는 낙심하고 상심한 이들에게 말한다. "마음 단단히 먹어." "마음잡고 다시 시작해." 베토벤이 상심하고 낙심한 채 생을 끝냈다면 위대한 음악은 존재하지 않았으리라. 그러나 평생 온전하고 평화로운 마음으로만 살았다면 역시 위대한 음악은 없었으리라.

보이지 않는 마음을 잡으라 한다. 먹을 수 없는 마음을 먹으라 한다. 그게 말의 힘이다. 보이지 않으니 잡고 먹어야 한다. 베토벤이 그랬던 것처럼, 마음 떨어진 그곳에 너무 오래 머물지는 말자. 우리 상한 마음은 곧 회복되어 다시 날개를 달 테니.

참고 도서

_____ 로맹 롤랑 지음, 이휘영 옮김, [베토벤의 생애] 문예출판사 2005

자신이 미워질 때

누가 나보다 더 불행할 수 있겠소?

신들에게 나보다 더 미움받는 사람이 누구겠소?…

이 저주들을 내게 내린 사람은 다름 아닌 바로 나 자신이오.

한데 나는 죽은 이의 침상을, 그를 죽인 바로 그 손으로 더럽히고 있소.

나는 진정 사악한 본성을 타고 났단 말이오?

정말 철저히도 불결한 자 아니겠소?

– 소포클레스 지음, 강대진 옮김, [오이디푸스 왕]

여기 저주받은 한 사나이가 있다. 그는 태어나기 전부터 "아버지를 죽이고 어머니와 결혼할 운명"을 안고 있다. 테베의 왕 라이오스는 왕비 이오카스테가 임신했을 때 청천벽력 같은 신탁을 받는다. 이오카스테가 낳을 아이가 자신을 죽이고 이오카스테를 취한다는 것이다.

라이오스는 아이 발을 묶어 신하에게 내다 버릴 것을 명한다. 신하는 아이가 불쌍해 산속의 목동에게 그리고 목동은 다시 이웃 나라 코린토스의 왕에게 아이를 보낸다. 코린토스의 왕에게는 아들이 없었다. 코린토스 왕비는 '부어오른 발목'이라는 뜻의 오이디푸스라는 이름을 입양아에게 붙여 주고 키운다.

오이디푸스는 코린토스 왕과 왕비를 친부모로 알고 지낸다. 청년으로 자란 그는 어느 날 "너는 아비를 죽이고 어미와 잠을 잘 팔자다"라는 말을 듣는다. 오이디푸스는 이 운명을 벗어나기 위해 그가 부모라고 여긴 코린토스 왕과 왕비를 떠나 테베로 간다. 테베로 가는 길에 마차를 타고 오는 노인을 만나는데 노인은 길을 비키라며 역정을 내면서 오이디푸스를 채찍으로 때린다. 화가 난 오이디푸스는 노인과 마부를 죽인다. 테베 입구에 다다르자 사람들이 "그쪽으로 가지 마라"며 만류한다. 머리는 사람, 몸은 사자인 스핑크스가 수수께끼를 내서 맞히지 못하는 사람을 절벽에 떨어뜨려 죽인다는 것이다. 오이디푸스는 스핑크스의 수수께끼를 풀고 테베 시를 구한다.

얼마 전 왕을 잃은 테베 시민들은 오이디푸스를 왕으로 추대한다. 그는 미망인이 된 왕비 이오카스테와 결혼한다. 두 사람은 아들 둘, 딸 둘을 낳고 행복하게 20년 가까이 산다. 그러나 테베에 극심한 전염병이 돌아 많은 이가 죽어 나가자 오이디푸스는 신탁을 요청한다. 신탁은 "선왕 라이오스의 살인범을 찾아내 벌을 내려야 역병이 그칠 것"이라는 답을 내놓는다. 오이디푸스는 라이오스의 살인범을 잡으라고 명을 내린 뒤 집요하게 추적하지만 결국 테베로 오는 길에 죽였던 노인이 제 친부였고 그동안 함께 살았던 아내는 친모였다는 사실이 드러난다. 고통에 사무친 그는 두 눈을 도려내고 자신에게 스스로 추방령을 내린다. 오이디푸스는 딸 안티고네와 함께 테베를 떠난다.

'오이디푸스 콤플렉스'라는 말을 만들어낸 그리스 비극 작가 소포클레스(기원전 497~406)의 작품 [오이디푸스 왕]의 줄거리다. 오이디푸스는 세상에서 가장 행복한 사나이였다. 테베의 왕이었으며, 아름다운 왕비 이오카스테의 남편이자 훌륭한 청년들의 아버지였다. '세상에서 가장 지혜로운 자' 로 불리며 부와 명예를 누렸다. 테베에 역병이 퍼지기 전까지는.

역병을 물리치기 위한 신탁은 '선왕을 죽인 자를 찾아내라'는 것이었다. 그 과정에서 예언자 테이레시아스는 "스스로 괴롭히지 말라"라며 오이디푸스의 집요함을 나무란다. 비극적 결말을 눈치챈 아내(이자 어머니) 이오카스테는 오이디푸스에게 살인자를 찾는 과정을 그만두라"고 충고한다. 그러나 오이디푸스는 요지부동이다. 적당한 선에서 모든 것을 묻어 두었더라면 오이디푸스는 극단적 선택을 하지 않앞을지도 모른다. 그는 끝까지 간다. 그 끝에는 파국을 부르는 진실이 있었다. 진실은 종종 위험하다. 위험을 무릅쓰고 진실을 캐내는 자는 목숨을 담보로 내놓아야 한다.

오래전 오이디푸스를 돌봤던 목동과, 라이오스와 함께 있던 마부(오이디푸스는 테베로 가는 삼거리에서 말다툼하다 라이오스와 전령, 마부를 때려죽였고 또 다른 마부 한 사람은 현장에서 도망하여 목숨을 건진다)에 의해 진실이 밝혀진 뒤, 이오카스테는 목을 매어 자살한다. 아버지를 죽이고, 어머니와 결혼한다는 비참한 운명의 사나이 오이디푸스는 이제 어머니이자 아내였던 여인의 죽음까지 목도한다. 모든 것은 한순간에 벌어진다. 세상에서 가장 행복한 사나이는 세상에서 가장 불행한 사나이가 된다. 자기 모멸감에 견딜 수 없었던 그는 "저승에 가서 부모를 뵐 면목이 없다"라며 남은 생을 영원한 어둠 속에 살도록 스스로 눈을 멀게 한다.

테바이 시민이여, 보시오. 이 사람이 놀라운

수수께끼를 풀고 왕이 된 오이디푸스요.

그의 행운을 부러워하지 않은 이가 없었거늘

얼마나 깊은 재앙의 파도가 그를 덮쳤는가!

그러니 생의 마지막 날이 오기까지 잘 살펴

누구에게도 "그 사람은 행복했다" 하지 마시오.

그가 통탄할 아픔에서 벗어나

생의 끝을 맞이하기까지는.

– Sophocles 지음, George Young 옮김, [Oedipus Rex]

오이디푸스만큼 극적인 부침을 보여주는 인물이 있을까? 왜 신화는 그에게 엄청난 권세와 행운을 주었다가 다시 그 모든 것을 빼앗았을까? 소포클레스는 이렇게 말한다. "인간들아, 그대들의 삶은 한낱 그림자에 지나지 않는다." 그림자 같은 인생에서 그림자인 우리가 또 다른 그림자인 우리 자신을 미워한다는 것이 무슨 의미가 있겠는가? 오이디푸스는 비극적인 인물이지만, 그가 어떤 큰 잘못을 저질렀기에 참담한 벌을 받은 것은 아니다. 그렇게 사는 것이 그의 운명이었다. "정해진 운명은 신도 피해 갈 수 없다."라는 것이 그리스인들의 생각이었다. 운명이란 말은 업보 또는 카르마란 이름으로 대체된다.

아리스토텔레스가 [시학]에서 지적했듯이 오이디푸스는 그저 '평범한 비극인'이었다. 오이디푸스의 불행이 그의 잘못 때문이 아니듯 그가 행복한 20년을 지낸 것 역시 그의 선행 때문이 아니었다. 하늘의 책에 그렇게 기록되어 있던 것뿐이다. 그럼 눈먼 오이디푸스는 어떻게 됐을까? 테베를 떠나서 어떻게 살았을까?

소포클레스가 쓴 [오이디푸스 왕]의 결말은 비극이지만, 다른 버전의 서사시와 작품 속에서 오이디푸스는 콜로노스란 곳에서 평화롭게 살다 죽는다. 이때, 신화는 또 다른 반전을 준비한다. "오이디푸스가 묻히는 땅에 신들의 축복이 있을 것."이라는 신탁이 내려진 것이다. 이 때문에 죽어가는 오이디푸스를 이곳저곳에서 모셔 가려 한다. 세상에서 가장 행복한 사나이에서 가장 불행한 사나이가 되었던 그는 죽음 이후에 축복의 상징으로 남는다.

그리스 사람들은 왜 오이디푸스의 말년을 이렇게 묘사했을까? 그의 비극이 너무 극단적이라고 생각해서였을까?

아니면 오이디푸스에게는 잘못이 없으니 이렇게라도 보상해 주려 했을까? 이런들 어떠하고 저런들 어떠하리. 인생지사 새옹지마인 것을. 그러니 지금 자신을 미움으로 덧칠한 그대여. 우리 삶이 그림자에 불과하니 너무 자해하지 말자. 행운 뒤에 불행이 있고 그 뒤에는 또 다른 축복이 기다리고 있나니.

참고 도서

_____ 소포클레스 지음, 강대진 옮김, [오이디푸스 왕], 민음사, 2009

_____ Sophocles 지음, George Young 옮김, [Oedipus Rex], Dover Publication 1999

2
—
관
계

가족이 상처 줄 때

우라노스는 자식들이 태어나자마자 그들을 모두 대지의 자궁 속에 가두어 빛을 보지 못하게 하였고 자신의 만행을 즐겼다. 그러나 거대한 대지(가이아)는 오장 육부가 뒤틀린 듯 신음을 토하게 되었으며, 결국 사악하고 교활한 음모를 꾸미게 되었다. 그녀는 재빨리 회색빛 철의 원료로 큰 낫을 만들어 그것을 사랑하는 자식들에게 보여주면서 그들의 용기를 북돋우며 이렇게 말했다. 그녀의 가슴에 원한이 사무쳤기 때문이다. "너희들, 극악무도한 아비의 자식들아, 너희들이 내 말을 따르면, 너희 아비의 범죄에 복수할 수 있을 것이다. 먼저 부끄러운 짓을 할 생각을 품은 자는 너희 아비이기 때문이다."

– 헤시오도스 지음, 김원익 옮김, [신통기]

헤시오도스(기원전 740?~기원전 670?)는 호메로스와 더불어 고대 그리스를 대표하는 시인이다. 그는 헬리콘산에서 목동 생활을 할 때 예술을 주관하는 무사이 여신이 자신에게 시인의 소명을 주었다고 주장한다. [신통기] 역시 여신의 부름에 따라 서술했다고 하는데 그리스 신화의 신들이 어떻게 탄생했는지 설명하고 있다.

태초에는 혼돈이 있었고 그다음에는 넓은 젖가슴을 지닌 가이아가 있었다. 가이아는 대지였으며 하늘인 우라노스와 결합하여 티탄 12신을 낳는다. 또 키클롭스 삼 형제와 헤가톤케이레스 삼 형제도 출산한다. 어머니 가이아와 아버지 우라노스 사이에 티탄 신족을 비롯한 자식이 생겨난 것으로 그리스 신화 최초의 '가족' 개념이 탄생한다. 그런데 이 가족은 탄생하자마자 파멸로 향한다. 왜? [신통기]의 표현을 꼼꼼히 살펴보자.

1 대지(가이아)와 하늘(우라노스)로부터 나온 모든 자식이 하나같이 끔찍하고 거대한 모습이었으며 처음부터 아버지를 소름 끼치게 만들었다.

2 가이아가 낳은 키클롭스 삼 형제가 하는 모든 일에는 언제나 폭력과 교활함이 숨어 있었고 헤가톤케이레스 삼 형제는 오만불손한 자식들이었다.

3 막내 크로노스는 과식으로 항상 배가 불룩 튀어나온 아버지를 증오했다.

우선, 자식이 모두 시원찮았다. 그래서 아버지 우라노스는 이들을 싫어했다. 우라노스는 자식들을 어둠뿐인 타르타로스에 가둔다. [신통기]에선 타르타로스를 가이아의 자궁이라 표현하는데, 가이아는 대지였으므로 타르타로스 역시 땅 위의 어느 외진 곳을 뜻했다.

자식들이 빛을 보지 못해 괴로워하자 어머니 가이아도

오장 육부가 뒤틀리는 고통을 느낀다. 공감의 통증에서 비켜난 이는 오직 아버지 우라노스뿐이다. 가족 모두 괴로울 때 아버지만 자신의 만행을 "즐긴다."

보다 못한 가이아가 자식들에게 아버지를 없애라고 부추긴다. 이때 막내 크로노스가 나서자 가이아는 그에게 철로 만든 낫을 쥐여준다. 우라노스가 욕정에 불타 가이아를 찾아왔을 때, 크로노스는 왼손으로 아버지를 잡고 오른손으로 날카로운 톱니가 달린 낫을 쥐고는 아버지의 남근을 잘라버린다. 경악한 우라노스는 하늘 저쪽으로 사라지고 더는 힘을 쓰지 못한다.

남근 거세는 생명력의 고갈을 뜻한다. 아버지의 시대가 가고 자식의 시대가 왔음을 상징한다. 크로노스 역시 그의 아들 제우스에게 제거되어 권좌에서 사라진다. 신화는 시작부터 친부살해patricide라는 엽기다.

지금으로부터 2,800년 전 쓰인 그리스 신의 계보 첫머리에 이미 서로를 증오하는 부모 자식 이야기가 나온다. 그 시작은 자식에게 넌더리를 내는 아비다. 어떤 아들이 아버지를 만족시킬 수 있으랴. 때로 가혹한 아버지가 자식을 성공으로 이끌기도 하지만, 부친의 본질은 실망(모친의 본질은 걱정)이기에 웬만해선 자랑스러운 2세가 존재하기 어렵다. 우리가 생각하는 천재들도 부친의 성에 차지 않았다.

> 아버지 레오폴드는 아들의 명성을 유럽 전역에 퍼뜨리기 위해서 이리저리 다니며 이 아들을 자랑하는 데 조금도 주저하지 않았다. 그러는 동안 그는 어린 아들의 기를 거의 꺾어 놓았고 모차르트는 계속되는 여행으로 건강이 나빠졌다… 모차르트는 아버지를 원망하면서 자라게 되었고, 후에 그가 그렇게도 잘츠부르크를 영구히 떠나고 싶어 했던 원인 중의 하나가 부모의 지배로부터 도망치고 싶었던 때문이다.
>
> – 헤롤드 쇤베르크 지음, 윤미재 옮김, [위대한 피아니스트] 나남출판

모차르트와 아버지 레오폴드는 부자간 애증의 관계를 잘 보여준다. 레오폴드의 훈련과 독촉 없이 모차르트가 성

장할 수 없었겠지만, 모차르트에게 지울 수 없는 상처도 안겨주었다.

완벽한 연주자로 알려진 중국의 세계적인 피아니스트 랑랑의 전기를 보면, 뛰어난 재능을 가진 자식이 성장하는 데 부모 역할이 얼마나 치명적인지를 알 수 있다. 랑랑이 베이징 음악원 입학을 앞두고 있던 어느 날, 합창 연습으로 두 시간의 피아노 연습을 빼먹자 아버지 랑궈런郎國仁 씨는 흥분해서 소리치며 아들을 닦달했다. 이때 랑궈런 씨는 직장도 포기하고 오직 아들의 베이징 음악원 입학을 위해 원룸에서 식사를 만들어 가며 뒷바라지하고 있었다. 베이징의 개인 교사에게 계속 지적을 당하던 터라 아버지의 신경이 날카로웠던 시기였다. 랑궈런 씨는 아들에게 알약 30알을 내놓았다.

"이 약을 먹어라!" 아버지가 약병을 들이밀며 말했다. 나중에 알고 보니 그 약은 약효가 센 항생제였다.

"삼십 알을 한꺼번에 삼켜. 지금 당장! 그럼 모든 게 끝날 거야!"

나는 아버지를 피하기 위해 발코니로 도망쳤다.

"약을 못 먹겠냐?" 아버지가 소리를 질렀다 "그럼 거기서 뛰어내려! 당장! 뛰어내려서 죽으라고!"

아버지가 나를 쫓아왔다. 나는 그런 아버지를 발로 세게 걷어찼다. 내가 그토록 폭력적인 행동을 한 것은 그때가 처음이었다. 살기 위해서였다. 아버지가 나를 발코니 아래로 밀어서 떨어뜨릴까 두려웠다. 아버지는 그렇게 하고도 남을 기세였다. 11층에서 떨어져서 머리를 보도블록에 부딪힌 후 두개골이 박살 나는 상상을 했다. 온몸의 피와 내 생명이 내 육체를 빠져나가는 모습이 보였다.

"제발 그만하세요!" 나는 아버지에게 사정을 했다. "아빠는 지금 제정신이 아니에요! 이러지 마세요. 난 죽고 싶지 않아요! 안 죽는다고요!" 나는 틈을 봐서 집 안으로 뛰어들어갔다.

"못 뛰어내리겠으면 이 약을 삼켜! 몽땅 말이다!"

– 랑랑 지음, 문세원 옮김, [건반 위의 골든 보이, 랑랑]

이 사건이 있었을 때, 랑랑의 나이는 겨우 아홉 살(!)이었다. 이때의 충격으로 랑랑은 '앞으로 절대로 아빠와 말하지 않으며 피아노를 치지 않겠다'라고 맹세한다. 물론 이후 어머니의 사랑과 주변 사람들의 따뜻한 관심으로 다시 피아노를 치게 되지만.

자식이 천재임에도 이런데, 평범할 때는 어떨까? 평범하면 평범한 대로, 뛰어나면 뛰어난 대로 부모는 자식에게 과하게 기대한다. 자식 역시 부모에게 과하게 의지한다. 서로에게 기대가 클수록 상처도 깊고 의지依支가 적을수록 상처도 얕다. 딸에게 가장 많은 상처를 주는 사람은 엄마이며, 아들에게 가장 많은 상처를 주는 사람은 아빠다. 아내와 남편 역시 서로에게 그런 존재다.

왜 우리는 가장 가까운 사람끼리 상처를 주고받으며 살아갈까? 가까우니까 상처를 준다. 나와 상관없는 사람이 뭐라 하든 우리는 상처받지 않는다. 상처받는다는 것은 그만큼 사랑한다는 반증이기도 하다. 그러나 우리가 함께하는 이유는 '사랑이라는 전체 안에 상처라는 부분집합이 있다'라는 명제를 공유하기 때문이다. 가족이라는 이유만으로 '상처라는 전체 안에 사랑이라는 부분집합이 있다'라는 명제를 부과한다면 왜곡된 관계를 근본부터 바꾸는 방법도 고려해 봐야 한다.

이제 가족은 핏줄의 문제가 아니라 공간의 문제다. 함께 살면 가족이다. 우애를 나누면 가족이다. 나와 가장 가까운 가족이 내게 과한 아픔을 주는 반복적 상처 제조기라면 내가 떠나는 게 맞다. 평생 지울 수 없는 폭력적 상처를 주는 가족과는 빨리 그 관계를 끊을수록 좋다.

부처도 가족이라는 질긴 인연을 끊기 위해 가출이라는 극단적인 방법을 썼다. 한밤중에 아무도 모르게 달아나면서 아침의 충격은 남은 이들의 몫으로 남겨 놨다. "집 나가는 여인이 저녁밥 해 놓고 나간다."라는 우리 속담이 있다. 인연은 중독이다. 중독에서 벗어나려면 모질게, 단칼에, 비밀리에 하지 않으면 안 된다. 누가? 당신이. 문제의 해결은 늘 주인공이 하는 법이다.

참고 도서
_____ 헤시오도스 지음, 김원익 옮김, [신통기], 민음사 2003

누군가 그리울 때

칡을 캐며 임 생각

하루만 못 봐도 석 달 같구나

쑥을 캐며 임 생각

하루만 못 봐도 일 년 같구나

약쑥 캐며 임 생각

하루만 못 봐도 삼 년 같구나

– 작자 미상, [시경]

[시경]은 중국 고대에 유행했던 시를 모은 책이다. 공자 시대에 정리된 것인데 우리가 지금 사용하는 전전반측, 요조숙녀, 절차탁마 같은 고사성어가 [시경]에서 비롯됐다. 시는 왜 쓰는가? 사랑 때문에 쓴다. 사랑하는 즐거움 때문에 쓰는가? 그런 시는 1%도 안 된다. 사랑이 충만할 때는 모든 것이 완전하기에 우리 마음에 시가 낄 자리가 없다. 사랑 때문에 아플 때, 누군가 사무치게 그리울 때, 그립지만 볼 수 없을 때 우리는 시를 쓴다. [시경] 속 시 대부분이 사랑에 대한 것이고 그 사랑의 아픔에 대한 것임은 당연하다. 우리 조상들은 [시경]의 시를 읽으면서 자랐고 사랑했고 또 이별했다. 사랑하는 이와 함께 하지 않는 시간은 괴로운 것인가? 조선의 여류 시인 이옥봉은 이렇게 노래했다.*

明宵強短短
명 소 강 단 단
임 가신 내일 밤 짧고 짧기를

今夜願長長
금 야 원 장 장
임 계신 오늘 밤 길고 길기를

鷄聲聽欲曉
계 성 청 욕 효
닭 울음소리 새벽 알리니

雙瞼淚千行
쌍 검 누 천 행
두 뺨에 흐르는 천 갈래 눈물

　

조선 인조 임금 시절 조희일(1575~1638)이란 선비가 있었
다. 그가 명나라에 사신으로 갔는데 그곳 대신이 "조원을
아느냐?"라고 물었다. 깜짝 놀란 희일이 대답했다. "돌아가
신 저의 부친이십니다." 명나라 대신은 서가에서 [이옥봉
시집]을 꺼내 희일에게 보여줬다. 이옥봉(?~1592)은 조원의
소실이었으나 소식이 끊긴 지 40년이나 되었다. 명나라 대
신은 희일에게 이 시집을 얻은 경유를 들려줬다.

40여 년 전 명나라 해안에 시신 한 구가 떠내려왔는데
너무 흉측해서 아무도 건지려 하지 않았다. 이 포구 저 포
구 떠다니는 것을 사람을 시켜 건져 보니 온몸이 종이로 수
백 겹 감겨 있고 노끈으로 묶인 여자 시신이었다. 시신 안

쪽에 시가 쓰인 종이 수십 장과 함께 '조선국 승지 조원의 첩 이옥봉'이라 적혀 있었다. 이 시들이 대단히 뛰어나 명나라 대신은 시집으로 엮었다는 것이다.

온몸을 시로 감고 죽은 여인. 전율이 밀려온다. 무슨 사연일까? 이옥봉은 양녕대군의 후예로 옥천군수를 지낸 이봉의 서녀였다. 어려서부터 똑똑하고 시문을 잘 지었다. 그러나 서녀인 그녀는 양반의 정실부인이 될 수 없는 처지였다. 결혼을 포기하고 서울에 올라와 친척집에 기거하면서 선비들과 어울렸다. 그녀가 지은 시가 사람들에게 알려지면서 옥봉은 스무 살도 되기 전에 조선의 명사가 됐다. 그러던 중 옥봉은 조원이 쓴 글을 발견하고 먼발치서 그를 보았다. 행동에 절도가 있고 미남이었다. 그러나 조원은 이미 결혼한 몸. 옥봉은 아버지 이봉에게 "조원의 첩이 되고자 한다."라고 말했다.

유부남의 소실을 자처한 것이다. 이봉은 옥봉이 어렸을 때 서책을 사다 주며 칭찬할 정도로 딸의 재능을 아끼고 사랑했다. 아버지는 딸의 결혼을 위해 발 벗고 나섰다. 조원에게 옥봉의 뜻을 전했으나 조원은 지조가 있는 사내였는지 이 청을 거절했다. 옥봉에게 말하니 옥봉은 조원이 아니면 독신으로 늙겠다며 고집을 부렸다. 서녀라서 소실이 될 수밖에 없는 사회적 한계는 어쩔 수 없지만 '내 맘에 드는 남자가 아니면 결혼하지 않겠다.'라는 의지를 내보였다. 옥봉은 대단히 독립적인 여성이었다.

이봉도 대단한 사람이다. 조원의 장인 이준민을 찾아가 "우리 딸이 처녀 귀신이 되게 생겼으니 사정을 봐 주시오."라며 간청했다. 이준민은 자기 사위에게 첩이 생긴다는 대도 "허허" 웃으며 허락한다(속마음은 '나도 아직 축첩 가능'이었을지도…). 이봉이 이 소식을 다시 조원에게 전하니 그제야 조원은 마지못해 허락하고 옥봉을 소실로 들였다.

조원은 학식과 능력이 뛰어나 여러 관직을 거치는데 괴산과 삼척 사또를 역임했을 때는 옥봉이 따라갔다. 조원은 친구들이 찾아오면 옥봉을 동석시켜 시를 짓게 하고 자랑스러워했다. 옥봉은 자신의 재능을 이백에 견주며 자부심을 드러냈다. 아마도 이때가 옥봉에겐 사랑의 황금기였으리라. 조원과 서로 사랑하고 아끼며 지내던 시절이었으니. 그러나 조원이 자랑하고 옥봉이 자부했던 그 재능이 옥봉의 발목을 잡을 줄이야. 다산 정약용은 [논어고금주]에서 이렇게 말했다.

智者作過恒以智
지 자 작 과 항 이 지

勇者作過恒以勇
용 자 작 과 항 이 용

똑똑한 사람은 항상 그 똑똑함 때문에 잘못을 저지르고

용감한 사람은 항상 그 용감함 때문에 잘못을 저지른다.

어느 날, 평소 알고 지내던 아낙이 옥봉에게 도움을 요청한다. 아낙의 남편이 소도둑 누명을 쓰고 억울하게 잡혀갔다는 것이다. 아낙은 "남편의 억울함을 풀 수 있게 조원 나리께서 글을 써 주시라."고 부탁한다. 옥봉은 평소 강직한 조원의 성품을 아는지라 남편 대신 자신이 글을 쓴다. 시로 쓴 탄원서는 다음과 같다.

爲人訟冤
위 인 송 원

억울한 이를 위한 탄원

洗面盆爲鏡
세 면 분 위 경

세숫대야로 거울을 삼고

梳頭水作油
소 두 수 작 유

물을 기름 삼아 머리를 빗네

妾身非織女
첩 신 비 직 녀

첩의 몸이 직녀가 아닌데

郞豈是牽牛
랑 기 시 견 우

임이 어찌 견우이리오

"비록 가난하게 사는 부부지만 우리는 소를 훔치는 사람이 아니다."라는 뜻을 짧은 시 안에 담은 것이다. 견우직녀 설화에 빗대어 시를 썼는데 '견우'의 견牽 자는 '끌다'라는 뜻이 있으니 절묘하다. "남편은 소를 끌고 갈 사람이 아니다"라는 의미. 형조 관리들이 이 글을 보고 놀라 누가 쓴 것이냐고 묻자 아낙은 "조원 나리가 썼다"라고 한다. 덕분에 아낙의 남편은 풀려났다. 형조 관리들은 탄원서를 들고 조원을 찾아와 "시 쓰는 재주가 이렇게 뛰어난데 왜 숨기고 있었느냐?"라고 했다. 조원은 옥봉이 쓴 것임을 직감했다. 시를 쓴 것이 문제가 아니라 공직자인 자기 이름을 도용한 것이 문제였다.

강직한 조원은 그 날로 옥봉에게 친정으로 돌아가라며 내쫓는다. 옥봉은 울며 사정했으나 조원은 완강했다. 이후 10년 동안 옥봉은 조원을 그리며 홀로 살아간다. 이때 쓴 시들은 절절한 그리움을 담은 명시로 남았다.

閨情　　　　여인의 마음
규 정

有約來何晚　　오신다 하시고 어찌 늦으시나
유 약 래 하 만

庭梅欲謝時　　뜰 앞의 매화 시들어가요
정 매 욕 사 시

忽聞枝上鵲　　문득 들리는 까치 소리에
홀 문 지 상 작

虛畵鏡中眉　　부질없이 거울 보며 눈썹 그려요
허 화 경 중 미

쫓아낸 옥봉이 가여워 조원이 혹시 한 번 들르겠다고 약속이라도 했을까? 옥봉은 임을 기다리며 연시를 쓴다. 그러나 오겠다는 임은 오지 않는다. 매화가 필 때쯤 온다 해 놓고 시들 때까지 소식이 없다. 문득 나뭇가지에 앉은 까치가 운다. 반가운 손님이 오는 걸까? 사랑하는 낭군이 오시는 걸까? 여인은 서둘러 거울 앞에 앉아 화장을 한다. 그러나 헛되고 헛되구나. 끝내 임은 오지 않으니…

한 편의 영화 같은 인생. 사랑 때문에 행복했고 사랑 때문에 불행했던 천재 이옥봉. 그녀의 드라마틱한 삶은 시로 남아 그리움에 몸부림치는 우리를 위로한다. 그리운 사람이 그리울 때, 우리가 무엇을 할 수 있을까? 시를 읽을 수밖에.

* 이옥봉에 대한 일화는 이우성, [로맨틱 한시], 아르테 2015와 조연숙, [한국고전 여성시사] 국학자료원 2011을 참조하여 재구성함

참고 도서
_____ 작자 미상, 정상홍 옮김, [시경], 을유문화사 2014
_____ 작자 미상, 유교문화연구소 옮김, [시경], 성균관대학교 출판부 2008

나는 활자 중독자입니다

관계가 뒤틀렸을 때

"제 마음은 모두 당신 거예요."

"하지만 나는 이제 벼락 맞은 늙은 나무나 다름없소. 어떻게 내가

당신을 붙잡을 수 있겠소?"

"당신은 늙은 나무가 아니에요. 예전처럼 혈기 왕성한걸요. 저는

당신의 넉넉한 그늘을 좋아해요. 당신한테 기대고 의지할 수 있으

니까요."…

"나는 가장 사랑하는 여자를 선택할 것이오. 제인, 나와 결혼해

주겠소?"

"아! 그럼요! 물론이에요."

"난 당신이 손을 잡아 줘야 하는 가엾은 장님인데도?"

"진심으로 원해요."

"아, 내 사랑!"

– 샬롯 브론테 지음, 이혜경 옮김, [제인 에어]

친하다고 생각했던 이가 SNS를 통해 나를 비난하고 다닌다는 말을 듣고 설마 했다. 내 뒤에서 하는 이야기에 일일이 신경 쓰고 싶지도 않았다. 친한 후배가 페이스 북 페이지를 열어 내게 보여주기까지는. 이런… 내 앞에서는 간도 쓸개도 내줄 듯 교언영색이더니 다른 곳에서는 나를 비하하며 다녔구나. 그 사람 참… 그에게는 물론 나 자신에게까지 실망이 몰려 왔다. 나는 사람을 좋아하고 무턱대고 믿는 성격이다. 순진한 건지 바보인 건지 자기 모멸감에 부끄러워졌다.

그 일이 있고나서 며칠 뒤, 서울 도봉구에 있는 함석헌 기념관을 방문했다. 재야의 대부였던 함석헌 선생이 부인이 돌아가신 뒤, 말년을 홀로 보내시던 가택을 보수해서 만든 것이다. 그분의 서재를 보존하고 육필 원고와 유품들이 전시되어 있었다. 멋진 사진과 함께 육성 연설도 동영상으로 볼 수 있었다. 나는 대학 시절 함석헌 선생의 포효하는 듯

한 강연을 직접 들은 적이 있다. 오래전이지만 그때의 강렬한 기억이 살아오는 듯했다.

함석헌 선생의 생전 모습을 상영해 주는 기념실 안에 저 유명한 시가 액자로 걸려있었다.

그 사람을 가졌는가

– 함석헌

만리 길 나서는 길

처자를 내맡기며

맘 놓고 갈 만한 사람

그 사람을 그대는 가졌는가

온 세상 다 나를 버려

마음이 외로울 때에도

'저 맘이야' 하고 믿어지는

그 사람을 그대는 가졌는가

탔던 배 꺼지는 시간

구명대 서로 사양하며

'너만은 제발 살아다오' 할

그 사람을 그대는 가졌는가

불의의 사형장에서

'다 죽여도 너희 세상 빛을 위해

저만은 살려두거라' 일러줄

그 사람을 그대는 가졌는가

잊지 못할 이 세상을 놓고 떠나려 할 때

'저 하나 있으니' 하며

빙긋이 웃고 눈을 감을

그 사람을 그대는 가졌는가

온 세상의 찬성보다도

'아니' 하고 가만히 머리 흔들 그 한 얼굴 생각에

알뜰한 유혹을 물리치게 되는

그 사람을 그대는 가졌는가

아, 그렇다. 그 사람 하나면 되는 것을. 그 사람 하나면 인생은 충분한 것을. 나 역시 저런 사람을 찾아 헤매지 않았는가. 상처받은 마음으로 읽은 시는 다시 한번 도끼가 되어 뒤통수를 쳤다. 그런데 집으로 돌아오는 길에 느닷없이 이런 생각이 들었다. '나는 누군가에게 그 사람이 된 적은 있던가?' '나는 누군가에게 상처 준 적이 없는가?' 누군가에게 '그 사람'이 되기는커녕 내가 준 상처만 가득 떠올랐다. 산다는 게 참 어렵다.

흔히 '사람에게 받은 상처는 사람으로 치유한다'라고 한다. 이런 말을 가장 극적으로 보여 주는 작품 중 하나가 [제인 에어]다. 제인 에어는 어려서 부모를 잃고 외삼촌 집에 맡겨진다. 외삼촌은 제인을 사랑했으나 그가 죽자 외숙모와 사촌들은 제인을 핍박한다. 외숙모는 제인을 "성격이 못된 아이"라며 구박하고 사촌들은 제인을 오갈 데 없어 얹혀사는 하녀처럼 취급한다. 제인은 사촌인 존의 폭행에 대들다 붉은 방에 갇히고 그곳에서 두려움에 떨다 기절하고 만다. 이런 일이 생기자 외숙모는 제인을 성가시게 여겨 기숙학교로 보낸다.

외숙모 가족에게 학대받던 제인은 이곳에서 헬렌이란 순수한 영혼의 친구를 만나 우정을 다진다. 또 템플 선생님이라는 훌륭한 멘토를 만나 정신적으로 성숙해진다. 제인이 친척들에게 받은 마음의 상처는 우정과 존경이라는 처방으로 1차 진정된다. 이제 그녀의 영혼 깊이 박힌 염증까지 치료되려면 사랑이라는 수액이 필요하다.

제인은 열심히 공부해서 우수한 성적으로 졸업하고 손필드 저택에 가정교사로 들어간다. 당시 가난하지만 똑똑한 여성들은 거의 가정교사를 직업으로 택했다. 제인은 손필드 저택의 주인 로체스터를 만나 사랑에 빠진다. 두 사람이 결혼식을 하던 날, 누군가 "로체스터는 이미 결혼한 상태다"라고 폭로한다. 로체스터의 아내는 심각한 정신병에 걸려 미치광이 상태로 저택의 다락방에 감금되어 있었다.

곁에 있어 달라는 로체스터의 청을 뿌리치고 제인은 정처 없이 길을 떠난다. 절망에 빠져 노숙인처럼 지내고 있을 때 젊은 목사 세인트 존과 그 누이들을 만나 다시 상처를 회복한다. 제인 에어는 얼마 뒤에 거대한 유산까지 물려받고 마음의 안정을 되찾는다(거대한 유산이야말로 마음의 안정에 직효.). 세인트 존은 "함께 인도로 가서 선교 활동을 하며 살자"라며 그녀에게 청혼한다.

제인 에어는 생각한다. '내가 진정으로 사랑하는 사람은 누구인가?' 로체스터였다. 그녀는 로체스터를 찾아간다. 로체스터는 화재로 저택도 잃고 실명까지 한 상태였다. 이제 그에게는 아무것도 남아있지 않았다. 제인 에어는 눈이 먼 로체스터에게 다가간다. 늙은 개 파일럿이 그녀를 먼저 알아보고 꼬리를 흔들었다.

로체스터 씨는 컵을 입에 가져가다 말고 멈췄다.

"누구요? 대답해요!"

"물을 좀 더 드릴까요? 물이 쏟아져서 조금밖에 없어요."

"대체 누구요?"

"파일럿은 저를 알아보네요. 지금 막 도착했어요."

"이럴 수가! 이게 무슨 일이지? 어디 있는 거요? 볼 수가 없으니 만지기라도 해야겠어!"

로체스터 씨는 허겁지겁 손을 내밀었지만, 그저 헛손질을 할 뿐이었다. 나는 가슴이 저려오는 것을 느끼며 허공에서 헤매는 그의 손을 잡았다. 그가 흥분해서 소리쳤다.

"제인이오? 맞아, 그 사람의 손이야! 이건 제인의 몸이고! 제인의 작은 몸집…"

로체스터 씨는 손으로 더듬어 내 팔과 어깨, 그리고 허리를 움켜잡았다. 내가 덧붙여 말했다.

"그리고 이건 제인의 목소리예요. 제인의 전부가 여기 있어요. 마음까지도요."

– 이혜경 옮김

두 사람은 서로 사랑을 확인한다. 그러고는 조촐한 결혼식을 올린다. 외숙모와 사촌에게 받은 마음의 상처를 로체스터로 치유했다고 느끼는 순간, 제인 에어는 바로 그 로체스터에게 회복 불가능해 보이는 상처를 다시 입었다. 그러나 세상에 회복 불가능한 상처란 없는 법.

2017년에 대학원 동료였던 김수민 씨는 자기 가족의 독특한 좌우명을 들려줬다. "살면서 받는 모든 상처는 죽지 않았으면 찰과상이다." 찰과상은 곧 낫는다. 마음의 상처도 곧 낫는다. 1년이나 3년 혹은 10년 넘게 고통스러울 수 있지만 어쨌든 낫는다. 하늘이 무너지는 아픔도 언젠가는 낫는다. 낫지 않으면 우리는 살아갈 수가 없다. 평생 지고 가는 아픔도 있고 영혼의 저 깊숙한 지층에 묻었으나 분기에 한 번씩은 살아나는 고통도 있다. 없어진 줄 알았지만 꿈으로 살아나 괴롭히는 통증도 있다. 흉터 없는 상처가 어디 있으랴? 상흔 하나 없이 어찌 삶이라는 전쟁터를 통과할 수 있으랴.

2015년 8월, DMZ에서 북한군이 매설한 지뢰가 터지는 사건이 있었을 때, 김정원 중사(현재 국군 사이버 사령부)는 양쪽 다리와 왼손등, 성기 등에 수십 개의 지뢰 파편이 박히는 상처를 입었다. 이 사고로 그는 오른쪽 정강이 아래를 절단했고 고환 하나를 제거하는 수술을 해야 했다. 이후 김정원 중사는 다쳐 없어진 부위가 여전히 있는 것 같은 환상통에 시달리며 수개월 동안 지독히 고통스러운 재활 치료를 받았다. 큰 사고를 당한 사람이 그렇듯 절망-분노-절망-희망의 쌍곡선을 그리는 나날을 보냈다. 김정원 중사는 [육군]지에 쓴 수기에서 이렇게 말한다.

"이 고통도 내 일부분이다. 앞으로 새로운 고난과 역경은 기쁘게 받아들이겠다."

우리가 군인은 아니지만 인생이라는 전장에서 매일 지뢰를 만나며 산다. 분노, 증오, 배신, 비난, 소외와 오해… 그저 그 지뢰가 우리 심장마저 앗아가지 않기를 바라며 한발 한발 내디딜 뿐이다. 사람이 싫다고 무인도로 갈 수는 없지 않은가? 사람에게 받은 상처는 사람으로 치유한다는 말은 맞다. 그런데 나는 여기에 대명사 하나를 덧붙이련다. '사람에게 받은 상처는 그 사람으로 치유한다.'라고.

참고 도서

_____ 샬롯 브론테 지음, 이혜경 옮김, [제인 에어], 푸른 숲 2006
_____ 샬롯 브론테 지음, 유종호 옮김, [제인 에어], 민음사 2004

외로울 때

연회를 즐기는 사람에게는 잠시 동안의 해탈에 이를 겨를도 없다.

태양의 후예가 한 이 말을 명심하여, 무소의 뿔처럼 혼자서 가라.

– 법정 옮김, [숫타니파타]

나는 2015년 7월부터 3년 동안 기러기 아빠였다. 당시 피아노 전공으로 예술 고등학교 1학년에 재학 중이던 아들은 모 교수님 추천으로 독일에 오디션을 보러 갔고, 그곳에서 대학 입학을 권유받았다. 그런데 아직 미성년자여서 '가디언Guardian' 역할을 맡을 사람을 수소문해야 했고 비용도 내야 했다. 아내가 "차라리 내가 함께 가겠다"며 아들이 성년이 되는 2018년까지 3년 기한으로 떨어져 있기로 하고 베를린으로 떠났다. 그해 겨울, 음악대학에 합격했다는 희소식을 들었다. 그때까지 카톡과 통화를 하며 가족과 소식을 주고받았기에 외롭다거나 쓸쓸하다는 느낌이 크진 않았다.

2015년 겨울에 독일에 가려 했으나, 아이가 한창 입시 준비에 바쁜 데다 나 역시 중요한 책의 원고 마감이 겹쳐서 실행은 하지 못했다. 조금씩 가족이 그리워지고 스트레스가 쌓여갔다. 2016년이 됐고 뒤늦게 들어간 대학원에서 나는 시 암송을 과제로 받았다. 외우기 시작해서 3일째 되던 날, 밤 아홉 시쯤 1층인 아파트 거실에서 창밖을 내다보며 시를 되뇌었다. 가볍게 와인을 한잔한 상태였고 시의 중간 부분이 자꾸 틀리고 있었다.

너를 기다리는 동안

- 황지우

너를 기다리는 동안

네가 오기로 한 그 자리에

내가 미리 가 너를 기다리는 동안

다가오는 모든 발자국은

내 가슴에 쿵쿵거린다.

바스락거리는 나뭇잎 하나도 다 내게 온다

기다려 본 적이 있는 사람은 안다

세상에서 기다리는 일처럼 가슴 애리는 일 있을까

네가 오기로 한 그 자리 내가 미리 와 있는 이곳에서

문을 열고 들어오는 모든 사람이

너였다가

너일 것이었다가

다시 문이 닫힌다

사랑하는 사람이… (이하 생략)

그날 아파트에서는 알뜰 장이 열리고 있었다. 닭강정을 파는 부부가 마지막으로 짐을 챙기는 모습이 눈에 들어왔다. 다른 팀들은 이미 철수한 뒤였다. 짐을 트럭에 다 싣고 남편은 아내의 굽은 어깨를 두드려 줬다. 나는 '기다려 본 적이 있는 사람은 안다' 부분을 외우다가, 그 모습을 본 순간 눈물을 쏟고 말았다. '세상에서 기다리는 일처럼 가슴 애리는 일 있을까?' 없다. 세상에서 보고 싶은 사람을 그리워하는 일보다, 그리운 사람을 보지 못하는 것보다, 그리운 사람을 다시 볼 때까지 기다리는 것보다 더 가슴 애리는 일은 없다. 그 한 구절에 눈물 흘렸던 순간이, 내게는 카타르시스였다.

기러기 아빠라고 매일 궁상이나 떨 수는 없었다. 친구도 만나고 모임에도 참석했다. 그런데 외로움은 쉬이 극복되지 않았다. 그러던 중 눈에 들어온 구절이 [숫타니파타]의 저 유명한 구절이었다.

소리에 놀라지 않는 사자처럼

그물에 걸리지 않는 바람처럼

진흙에 더럽히지 않는 연꽃처럼

무소의 뿔처럼 혼자서 가라.

'무소의 뿔처럼 혼자서 가라'가 후렴구처럼 반복되는 이 장에는 75개의 경구가 있다. 그중 하나가 "연회를 즐기는 사람에게는 잠깐의 해탈에 이를 겨를도 없다. 태양의 후예가 한 이 말을 명심하여, 무소의 뿔처럼 혼자서 가라."다. 여기서 태양의 후예는 송중기가 아니라 부처님이다. 석가모니

는 "파티를 즐기며 사는 사람은 짧은 해탈에도 이르지 못
한다."라고 경고한다. 그동안 사람과 모임을 좋아했던 내가
왜 번민이 많았는지 단번에 깨닫게 해 준다.

동행이 있으면 쉬거나 가거나 섰거나 또는 여행하는데도

항상 간섭을 받게 된다. 남들이 원치 않는 독립과 자유를 찾아

무소의 뿔처럼 혼자서 가라.

두 사람이 함께 있으면 잔소리와 말다툼이 일어나리라.

언젠가는 이런 일이 있을 것을 미리 살펴, 무소의 뿔처럼 혼자서 가라.

만남이 깊어지면 사랑과 그리움이 생긴다.

사랑과 그리움에는 고통이 따르는 법.

사랑으로부터 근심 걱정이 생기는 줄 알고, 무소의 뿔처럼 혼자서

가라.

불교 초기 경전 중 하나인 [법구경]에도 비슷한 문구가 있다.

사랑하는 사람과 만나지 마라.

미운 사람과도 만나지 마라.

사랑하는 사람은 못 만나 괴롭고

미운 사람은 만나서 괴롭다.

아, 그렇구나. 이게 진리구나. 법정 스님의 시와도 같은 해석이 내 눈에 와서 박혔다. 법구경의 내용이 몹시 좋아 원전을 번역한 [담마빠다]를 구해 읽어 봤다. 담마빠다는 담마Dhamma와 빠다pada의 합성어로 '진리의 말씀'이란 뜻이다. 초기 불교 당시 사용된 언어와 가까운 빠알리어 원본을 일아 스님이 번역한 책에는 위 구절이 이렇게 쓰여 있다.

사랑하는 사람과 사귀지 마라.

사랑하지 않는 사람과도 결코 사귀지 마라.

사랑하는 사람은 보지 못함이 괴로움이며

사랑하지 않는 사람은 보는 것이 또한 괴로움이다.

이렇게 되면 법정 스님의 해석과 큰 차이가 난다. 법정 스님은 '미운 사람은 만나서 괴롭다' 했는데 일아 스님이 번역한 빠알리 원전은 '사랑하지 않는 사람을 보는 것 또한 괴로움'이라고 되어 있다. 미운 사람과 사랑하지 않는 사람은 하늘과 땅 차이다. 고등학교 동창이나 동네 아저씨, 여자 사람 친구 등은 '사랑하지 않는 사람'이지만 '미운 사람'은 아니다. 일아 스님 번역이 맞는다면 우리는 '무덤덤한 사이'인 사람도 만나지 말아야 한다. 부처님은 "누굴 만나도 넌 괴롭게 되어 있다."라는 말을 하시려는 걸까? 결국, 세상은 혼자란 말인가? 애인을 만나도 괴롭고, 밉상을 만나도 괴롭고, 그저 그런 관계인 사람을 만나도 괴롭다면 외로움이 차라리 축복일까('나는 자연인이다'가 정답이란 말인가)? 부처님은 인간 세상 그 수많은 관계가 우리에게 상처를 준다는 걸 아셨다. 부처 자신도 부모, 자식, 제자, 원수들과 맺은 인연으로 고통받아 봤기에 고독이란 처방전을 내놓은 것이리라. 지금 이 순간, 외로움은 행운일지도 모른다. 조용히 즐기자.

참고 도서

_____ 법정 옮김, [숫타니파타], 이레 2010

_____ 법정 옮김, [법구경], 이레 2005

_____ 일아 옮김, [담마빠다], 불광출판사 2014

실연당했을 때

사랑이여, 그대가 나에게 주는

끔찍하고 지독한 불행을 생각하면

나의 크나큰 불행을 끝낼 생각으로

나는 죽음을 향해 달려가고 싶네.

그러나 내 고통의 바닷속에서

항구 같은 건널목에 이르렀을 때

나는 얼마나 큰 기쁨을 느끼는지,

삶이 용기를 찾으니 건너가지 않으리라.

이렇게 삶이 나를 죽이고

죽음이 다시 생명을 주는구나.

– 세르반테스 지음, 박철 옮김, [돈키호테]

나는 활자 중독자입니다

112

미겔 데 세르반테스가 쓴 [돈키호테]의 주인공 돈키호테는 좌충우돌하는 사나이다. 동명의 뮤지컬 가사처럼 그는 '이룰 수 없는 꿈을 꾸고/ 이길 수 없는 싸움을 하면서/ 견딜 수 없는 슬픔을 겪어 내며/ 사랑을 믿고 따르는' 사람이다. 돈키호테는 반쯤 미친 채로 모험을 떠난다. 여관 주인에게 기사 작위를 받고 농부 산초를 시종 삼아 기사도를 편력한다. 풍차를 거인으로 착각해 공격하고, 공주를 납치하는 악당이라 여겨 수도사에게 칼질을 하고, 사자와 결투를 벌인다. 그의 착각과 오해로 벌어지는 해프닝 때문에 시종 산초 판사뿐 아니라 돈키호테 자신도 얻어맞고 놀림감이 되는 등 고초를 겪는다.

돈키호테는 '여왕에게 충성하고 약자를 보호하며 사랑하는 귀부인을 위해 목숨을 바치는' 낭만적 기사도 상에 경도된 사람이다. 그는 둘시네아라는 귀족 부인을 사랑한다. 그녀를 흠모하고 그녀를 위해 싸우며 그녀에게 사랑을 고백한 편지를 써서 부친다. 그러나 둘시네아는 돈키호테의 사랑을 받아들이지 않는다. 이에 실망한 돈키호테가 지은 시가 앞의 인용문이다. 그런데 둘시네아라는 인물은 돈키호테가 만들어낸 상상의 산물이었다. 돈키호테의 광기를 아는 주변인들은 적당히 그의 비위를 맞추며 둘시네아라는 여인이 있는 것처럼 꾸미기도 한다. 하지만 실체가 없으므로 돈키호테 혼자 사랑하다 혼자 실연당할 뿐이다.

조선 시대 기녀 황진이는 얼녀孽女였다. 신분제도가 치사할 정도로 엄격했던 조선 사회에서 양반 남자가 외도하여 낳은 자녀를 서얼이라 했다. 이 중 '양반 남자-양인 여성'의 자식을 서庶라 했고, '양반 남자-천인 여성'의 자식을 얼이라 했다. 서녀와 얼녀는 양반의 정실부인이 될 수 없어 첩실이 되거나 서얼자의 배우자가 되어야 했다. 서얼의 악순환이다. 황진이는 사춘기 때 겪은 일로 한 사람의 여인이 되길 거부하고 기녀의 길로 들어선다. 황진이가 열다섯이었을때, 이웃집 총각이 그녀에게 반해 상사병에 걸린다. 상사想

思란 생각하고 또 생각한다는 뜻이다. 생각하는 게 사랑이다. 이게 중첩되면 병이 된다. 총각은 어느 날 밤 황진이 방 앞에 몰래 들어와 당혜唐鞋(가죽신) 하나를 훔쳐 달아난다. 그 신발 두 짝을 훔친 뒤로는 식음을 전폐하다 결국 죽어버린다. 부모로서는 어이없는 죽음이지만 세상엔 이런 일도 있다. 사랑은 이토록 지극하고 잔인하다. 그리워하는 사람을 보지 못하는 것은 죽음보다 더 가혹한 일이다. 한때 미쳐 살았기에 나는 이 총각을 백배 이해한다.

총각의 시신을 실은 상여가 황진이 집 앞에서 움직이질 않는다. 평소 그를 잘 알던 친구 하나가 황진이에게 사정을 이야기한다. "녀석이 죽으면서 소녀의 당혜와 함께 묻어 달라 했소. 그런데 이렇게 소녀의 집 앞에서 가질 않는구려." 황진이는 한숨을 쉬며 자신의 적삼 저고리 하나를 건네준다. 그제야 상여는 움직인다.

이태준 소설 [황진이]에 나오는 내용이다. 멀쩡한 총각은 황진이의 가죽신을 보며 상사로 전전반측했다. 꼼짝하지 않던 상여는 사랑하는 여인의 적삼 저고리 기운에 다시 움직였다. 적삼은 맨살 위에 가장 먼저 입는 옷이다. 가죽신과 적삼에는 황진이의 체취가 가득했을 터. 총각은 자신을 사로잡는 궁극의 페로몬에 무장해제 됐다. 영혼조차 살 냄새에 동한다. 우리를 사랑에 빠지게 하는 것은 어떤 고귀한 지적 대화가 아닌 한 방울의 향수임에랴(향수에 헬렐레해서 결혼까지 한 사람이 지금 이 글을 쓰고 있다.).

돈키호테는 기사도를 소재로 한 책들을 너무 많이 읽어 미쳐버렸다. 그가 읽은 책의 페이지마다 광기의 몰약이라도 묻어 있던 걸까? 황진이를 짝사랑하다 죽은 소년이나 돈키호테나 모두 미쳐서 살았다. 사랑이란 이렇게 우릴 미치게 한다. 이루어지지 못한 사랑은 미친 우리를 벼랑 끝으로 내몬다. 실연당한 이에게 남은 선택이란 자살 아니면 반전이다. 짝사랑에 아파했던 황진이 키드는 스스로 목숨을 버렸고 돈키호테는 발상의 전환을 통해 생명을 택했다. 다중인격의 돈키호테가 죽음 대신 삶을 택한 이유는 그에게 또 다른 모험이 기다리고 있었기 때문이다. 그 모험 역시 광기로 만들어진 이벤트였지만. 비정상적 사랑이 그를 죽음 가까이 내몰고 다시 비정상적 사유가 그를 살린 셈이 됐다.

실연당한 자의 뇌는 지옥이다. 전쟁이다. 핵폭발 직후다. 이런 사람에게는 그 어떤 이성적 설득도 먹히지 않는다. 사랑하는 자에게 사랑의 상실은 우주의 상실이다. 무엇이 있어 그를 위로하랴. 실연 직후 한 번쯤 자살을 생각하지 않았다면 그 사랑은 유죄다. 사랑이 끝난 전장에는 떠난 사람과 남은 사람이 있다. 남은 사람에게는 실연도 이기지 못하는 단 하나의 처방책이 주어진다. 시간이다. 실연자여, 이제는 그대 자신을 돌보아야 한다. 죽은 듯 살아라. 제주도 말에 이런 게 있다. "살암시면 살아진다." 살다 보면 살게 된다는 뜻이다. 아파도 살고 힘들어도 살고 울고 싶어도 살다 보면… 죽고 싶어도 죽지 못해 살다 보면… 살아진다.

참고 도서
_____ 미겔 데 세르반테스 지음, 박철 옮김, [돈키호테] 시공사 2015

잘못된 만남이라 느꼈을 때

나는 당신의 인형 아내였어요. 친정에서 아버지의 인형 아기였던 것이나 마찬가지로요. 그리고 아이들은 다시 내 인형들이었죠… 나는 나 자신부터 교육해야 해요. 그런데 당신은 그 일을 도와줄 만한 사람이 아니에요. 내가 혼자 해야 해요. 그러니까 나는 당신을 떠날 거예요. 나는 나 자신과 바깥일을 모두 깨우치기 위해 온전히 독립해야 해요.

- 헨리크 입센 지음, 안미란 옮김, [인형의 집]

1879년에 발표된 노르웨이 작가 입센(1828~1906)의 [인형의 집]은 여성 인권의 효시가 된 작품이다. 이때 한반도는 고종 임금 시절이었다. 대원군이 실각하고 고종이 친정을 했으나 여전히 삼정이 문란했던 시기, 노르웨이 작가는 당시 지구상의 그 누구도 상상하지 못할 페미니즘 명작을 출산한다.

　고전이란 무엇일까? 현대에도 클래식 음악을 작곡하는 사람이 있듯, 고전은 단지 '오래된 책'만은 아니다. 두고두고 읽히며 인류에게 지혜를 주는 책은 모두 고전이다. 그러므로 지금부터 3,000여 년 전 지어진 [길가메시 서사시]부터 20세기 중반에 발표된 [호밀밭의 파수꾼]까지 고전이라는 범주에 속한다. 바하와 베토벤의 음악이 여러 번 들어도 또 듣고 싶듯이 고전은 읽고 또 읽어도 새롭다.

[인형의 집] 주인공 노라는 남편 헬메르의 요양을 위해 친정아버지의 서명을 위조해 돈을 빌린다. 헬메르는 그 덕에 건강을 회복하고 은행장 취임을 앞두고 있다. 헬메르는 새로 맡을 은행의 인사이동을 계획하고 있는데 법률 관계 일을 보고 있는 크로그스타드를 해임하려 한다. 이를 눈치챈 크로그스타드는 노라에게 자기 자리를 보전해 달라고 부탁한다. 노라는 이를 거절하지 못하고 헬메르에게 말한다. 왜냐하면 몇 년 전 남편의 병구완을 위해 크로그스타드에게 큰돈을 빌렸던 탓이다. 그러나 헬메르는 "크로그스타드는 음흉한 사람"이라며 노라의 청을 거절한다. 크로그스타드는 노라가 자신에게 돈을 빌릴 때 서류를 위조했다는 사실을 밝히겠다고 협박하는 편지를 쓴다. 이 편지를 읽은 헬메르는 노발대발하며 노라를 나무란다. "남편의 명예를 실추한 사기꾼"이라며 노라에게 아이들을 더 이상 교육하지 말고 집에서 조용히 지내라고 명령한다. 이때 크로그스타드가 노라가 진 빚을 탕감하며 모든 것을 없던 일로 하고 앞으로 자신은 조용히 살아가겠다는 소식을 전한다. 헬메르는 "이제 살았다"며 노라에게 아무 일

없는 듯 대한다. 노라는 그런 남편을 보며 종속된 존재로 살았던 8년간의 삶을 접고 독립하겠다며 짐을 싸서 집을 나간다.

지금 읽어도 충격적인 내용이다. 19세기 말, 이 작품이 초연되었을 때 관객들 반응은 어땠을까? 당연히 센세이션을 불러일으켰다. 일부 국가에서 상연 금지되기도 했지만 [인형의 집]은 전 세계 극장에서 공연되면서 여성뿐 아니라 남성들에게도 각성의 계기가 됐다.

[인형의 집]의 남자 주인공 헬메르는 아내의 공문서위조 사실이 드러나 은행장 자리에 앉지 못하게 될까 봐 전전긍긍한다. 이 때문에 노라를 심하게 꾸짖고 모욕을 준다. 그러나 사건이 의외로 잘 마무리되자, 노라에게 화냈던 것을 사과하면서 "앞으로 잘 하겠다"라는 상투적인 대사를 남발한다. 헬메르는 자신에게는 명예가 중요하다며 노라에게 소리친다.

"자기가 사랑하는 사람을 위해 명예를 희생하는 사람은 없어!"

이 말에 노라는 답한다.

"수십만 명의 여자가 그렇게 했어요."

수십만 명의 여자뿐일까? 수백, 수천만 명의 여성이 사랑하는 사람을 위해 명예와 경력과 자기 자신까지 희생해왔다. 그 덕분에 역사는 유지됐다. 그러나 여성이 자신을 돌아보는 순간, 타인을 위한 희생은 끝나고 오로지 자신만을 위한 희생이 남아 있음을 알게 된다.

노라는 헬메르와 지낸 8년간의 결혼 생활이 잘못됐음을 깨닫고 과감히 짐을 싸서 가출한다. 사랑하는 세 아이도 남겨 둔다. "친정집으로 돌아가 나를 위해 살겠다."라면서 남매처럼 살자는 남편의 청도 거절한다(10년 넘으면 남매처럼 친구처럼 되는 것을…). 어머니로서 자식들을 더는 보지 못해도 할 수 없다는 결론을 내린다. 자아를 찾는 일은 이렇게 극단적이다. 노라는 알았다. 그때 떠나지 않으면 영원히 떠날 수 없음을. 인생은 한 번뿐이며 결정도 한 번이다. 폴란드의 노벨 문학상 수상자 비스와바 쉼보르스카(1923~2012)는 이렇게 노래했다.

두 번은 없다. 지금도 그렇고

앞으로도 그럴 것이다. 그러므로 우리는

아무런 연습 없이 태어나서

아무런 훈련 없이 죽는다…

힘겨운 나날들, 무엇 때문에 너는

쓸데없는 불안으로 두려워하는가.

너는 존재한다-그러므로 사라질 것이다.

너는 사라진다-그러므로 아름답다.

- 최성은 옮김, [끝과 시작] 문학과 지성사

　노라는, 사랑보다 명예를 중요하게 여기는 남편 헬메르를 '낯설다'라고 느낀다. 자신을 아끼고 귀여워하고 사랑하는 것 같았지만 그것은 한낱 인형을 대하는 애완일 뿐이었다. 애완동물은 언제든 유기의 가능성을 안고 있다. 누군가에게 유기당하는 것은 주인에게 종속된 동물의 운명이다. 주인이 사랑하는 한 그것은 살고, 주인이 사랑하지 않으면 그것은 버림받는다. 자신의 존재 가치를 타인의 선택으로 인정받아야 하는 상황을 피하려면 스스로 자유로워지는 수밖에 없다. 노라는 벼락같은 단호함으로 자유를 쟁취했다.

만남은 존재 자체를 앞에 놓는다. 존재 앞에 명예나 물질이 놓이면 만남은 늪으로 빠진다. 만남은 만남 자체로 만족한다. 만남 이외에 다른 요소가 끼어들면 만남은 불순하게 된다. 만남은 나와 그이만의 세상이다. 그곳에는 한 곡의 음악과 한 병의 와인만 있으면 된다. 그 이외에 더 많은 것이 필요할수록 만남은 파국에 가까워진다. 그가 당신 이외의 것을 더 많이 요구할수록 그는 헬메르에 가깝다. 잘못된 만남이라 깨달았다면 그대여, 노라가 되라.

참고 도서

_____ 헨리크 입센 지음, 안미란 옮김, [인형의 집] 민음사 2010

가까운 사람을 잃었을 때

박복하여라. 이 내 신세. 딱딱한 침대에 누운 내 몸 위를 가혹한 운명이 짓누르네. 머리는 깨져 나가고 삭신은 망가져 흐느적거린 다. 등이 배겨 돌아눕지만 안 아픈 곳 없구나. 몸을 가눌 때마다 비통한 슬픔은 그치지 않고 내 육신을 지져댄다.

– 에우리피데스, [트로이의 여인들]*

에우리피데스(기원전 485~406)의 비극 [트로이의 여인들]은 트로이 전쟁이 끝나고 남은 여인들 이야기다. 그리스와 트로이 사이에 벌어진 10년 전쟁에서 그리스 측이 승리를 거두고 목마에 속은 트로이 사람들은 처절한 살육 속에 자식과 남편을 잃는다.

여기, 트로이 영웅 헥토르의 어머니 헤카베가 있다. 트로이 왕 프리아모스의 왕비였던 그녀는 전쟁으로 남편과 아들을 잃었다. 딸들 역시 전쟁의 와중에 목숨이 위태롭거나 적군의 노예 혹은 첩실로 끌려갈 처지다. 헤카베 자신도 승전국 장수 오디세우스의 종으로 배정되었다. 트로이 여인들은 그리스군 진영 앞에 모여 운명을 정해 줄 전령의 한마디를 기다리고 있다. 이때 헤카베는 자기 신세를 한탄하며 앞의 대사를 읊조린다.

그녀는 스스로 '산송장'이라 칭한다. 남편과 아들이 눈앞에서 죽임을 당하는 불행을 맛본 여인. 이런 여인이 살아있는 시체가 아니면 무엇이랴. 조국은 망했고, 가족은 저세상으로 갔으며, 한때 그녀가 누렸던 온갖 명예와 부는 사라졌다. 인간으로 당할 수 있는 극한의 슬픔 앞에 놓여 있는 한 여인은 그 와중에 며느리를 위로한다. 헥토르의 아내 안드로마케 역시 적장의 첩이 될 처지다. 그녀는 차라리 죽는 게 낫지 않겠는가 하는 생각을 한다. 남편을 잃은 여인을, 남편과 자식을 잃은 여인이 위로한다. "새로운 곳에 가서 만나는 새 주인을 잘 섬겨라. 그리하여 우리 손자가 크면 다시 트로이를 되찾을 수 있도록." 세월이 주는 지혜를 알았던 노인은 치욕을 생존 앞에 두지 말라고 당부한다.

이런 두 사람 앞에 그리스군 전령이 당도한다.

"그리스군은 후환을 없애기 위해 트로이 왕가의 핏줄이자 왕족의 첫 번째 서열인, 헥토르 왕자의 아들을 처형하기로 했소. 처형 방법은 트로이의 성탑 위에서 떨어뜨리는 것이오."

그리스 비극은 왜 이리도 잔인한가? 우리 삶이 잔인한 것인가? 하긴 세월호는 잔인하지 않은가? 광주항쟁은 잔인하지 않은가? 우리 일상은 잔인하지 않은가? 언젠가 내가 급성 인후염으로 종합병원 응급실에 하룻밤을 누워있었을 때, 도봉산 바위에서 떨어져 다리뼈가 삐져나온 채 실려 온 중년 남성과 교통사고로 피투성이가 되어 실려 온 젊은 청년을 봤다. 그때 알았다. 우리 삶은 언제든 잔인할 준비를 하고 우리를 노리고 있다는 것을.

가까운 사람을 잃은 이에게 무엇으로 위로가 되겠는가? 어떤 말로도 충분한 위로가 되지 않는다. 다만 느닷없는 구절 하나로 삶이 가벼워지는 때가 있다. 때로 위로는 뒤늦게 온다. 몇 해 전, 아버님 상을 치를 때 나는 이상하게 눈물이 나지 않았다. 마음은 슬픔으로 가득 차고 음식 맛도 모를 만큼 정신이 나가 있었으나 눈물이 터지지 않았다. 일주일 뒤에 강의가 있었다. 수강생들에게 시를 골라와 읽게 했고 나 역시 시를 하나 선택해 낭송했다.

돌계단

– 나태주

네 손을 잡고 돌계단을 오르고 있었지

돌계단 하나에 석등이 보이고

돌계단 둘에 석탑이 보이고

돌계단 셋에 극락전이 보이고

극락전 뒤에 푸른 산이 다가서고

하늘에는 흰 구름이 돛을 달고 마악 떠나가려 하고 있었지

하늘이 보일 때 이미 돌계단은 끝이 나 있었고

내 손에 이끌려 돌계단을 오르던 너는

이미 내 옆에 없었지

훌쩍 하늘로 날아가 흰 구름이 되어버린 너!

우리는 모두 흰 구름이에요, 흰 구름

육신을 벗고 나면 이렇게 가볍게 빛나는

당신이나 저나 흰 구름일 뿐이예요

너는 하늘 속에서 나를 보며 어서 오라 손짓하며 웃고

나는 너를 따라갈 수 없어 땅에서 울고 있었지

발을 구르며 땅에 서서 울고만 있었지

나는 시 중간부터 읽지 못했다. 목이 메어 더 진행할 수
없었다. 나는 수강생들에게 양해를 구하고 강사실로 들어
가 울었다. 그제야 아버지의 부재를 통감했다. 그 무엇도 부
친의 빈자리를 대신할 수는 없었다. 하지만 때로는 음악이,
때로는 시가, 때로는 그림 한 점이 아픈 나를 달래주었다.
그렇지 않다면 예술이 무엇이겠는가.

어린 아들을 저승으로 보내야 하는 안드로마케는 울부
짖는다.

"아, 내 새끼, 눈에 넣어도 아프지 않을 아들아! 아직 젖내가
나는데! 내 젖 먹여 널 키운 것도 다 허사로다. 불면 꺼질까 쥐
면 터질까 기른 것도 다 허사로다."

새로운 슬픔 앞에 지나간 슬픔은 자리를 내주는 법. 천붕天崩을 겪고 그리스군에 끌려가는 며느리를 보면서 시어머니는 손자의 시신을 수습한다. 슬픔이 겹치면 슬픔을 누릴 시간도 사치가 된다. 손자를 땅에 묻으면서 헤카베는 "행운은 변덕이 심해 언제까지나 행복한 사람은 아무도 없다"라고 말한다.

그리스 사람들은 사람 수명을 세 여신이 결정한다고 믿었다. 클로토는 생명을 자아내고 라케시스는 그 길이를 재며, 아트로포스는 생명의 실을 잘라버린다. 이 세 여신은 혼자 다니는 법이 없다. 자매라 늘 함께 다닌다. 언니가 옆에서 실을 자르면 동생은 또 다른 실을 만들어낸다. 행운이 가장 좋아하는 짝은 불행인데 불행도 변덕이 심하다. 그러므로 언제까지나 불행한 사람은 아무도 없다.

* 아래 참고 도서 Mary Lefkowitz/ James Romm의 영역본과 Nicolas Artaud의 프랑스 역본을 참고로 필자가 번역함.

참고 도서

_____ Euripides 지음, Mary Lefkowitz/ James Romm 옮김, [The Greek Plays], Penguin Random House 2016

_____ Euripide 지음, Nicolas Artaud 옮김, [Les Trôiades(Les Troyennes)], Kindle Edition 2017

3
—
일

직업에 회의가 생길 때

너의 마땅히 할 의무를 생각해서도 네가 겁을 내는 것은 옳지 않다… 네가 만일 이 정당한 싸움을 하지 않는다면 너는 네 의무와 명예를 저버리는 것이요 죄를 얻게 될 것이다. 그뿐 아니라 세상 사람은 언제나 네 불명예를 말할 것인데, 지위 있는 사람에게 불명예는 죽음보다 더 나쁜 것이다. 네가 죽으면 천당을 얻을 것이요, 네가 이기면 이 땅의 즐거움을 누린다. 그러므로 일어나라, 싸우기를 결심하여라.

– 함석헌 옮김, [바가바드 기타]

'거룩한 자의 노래'라는 뜻을 지닌 힌두교 경전 [바가바드 기타]는 왕권을 두고 패가 갈린 두 왕족 무리가 전쟁을 벌이는 것으로 시작한다. 두 왕족 무리는 쿠루족과 판두족이다. [바가바다 기타] 첫 문장에서 쿠루족 왕은 "상황이 어떠냐?"라고 묻는다. 이 대목에 붙인 해설에서 간디는 단도직입적으로 말한다.

인간의 몸은 선과 악의 영원한 대립의 전장이다.

아! 그렇다. 삶이 전쟁인 까닭은 우리의 몸이 전장이기 때문이다. 간디는 "어떤 사람이 제 가슴 속에 날마다 선악의 두 힘이 싸우고 있는 것을 경험하지 않을 수 있을까?"라고 묻는다. 판두족은 선함을, 쿠루족은 악함을 상징한다. 판두족 왕 아르주나가 전쟁터에 나와 보니 상대 진영에 사촌과 친척을 비롯해 어린 시절 자신을 가르치던 선생들이 즐비했다. 그 모습을 보고 아르주나는 말한다.

"내 사지는 맥이 풀리고, 입은 타 마르고, 몸서리치고 머리털이 곤두섰습니다. 아무리 생각해봐도 내 친족과 싸움해 죽이고 좋은 일이 있을 수 없습니다. 차라리 내가 그들 손에 죽을지언정."

이렇게 약한 모습을 보이는 착한 왕 아르주나에게 '모든 것을 아시는' 신인 크리슈나는 마부의 모습으로 나타나 말한다.

"너의 카르마는 싸우는 것이다. 싸우는 자에겐 싸움이 행복이다. 전사가 싸우지 않는다면 의무를 저버리는 것이요, 죄를 짓는 것이다."

카르마Karma는 흔히 업業으로 번역된다. 업은 업보이면서 직업이다. 전생에 좋은 업을 쌓았으면 현생에서 좋은 일을 갖게 된다. 현생에서 내가 한 일은 다음 생을 결정하는 근거가 된다. 여기서 말하는 '일'이란 선행이 아니다. [바가바드 기타]를 해석한 인도의 철학자 라다크리슈난은 이렇게 말했다.

"제 참 목적이 무엇임을 알고 거기다가 자기를 온전히 바치는 사람, 그는 위대한 사람이다."

직업이란 단지 생계를 위해 하는 일이 아니다. 2018년 6월 EBS 북카페에 출연해 [바가바드 기타]를 해설해 준 서울대학교 인문학 연구소의 강성용 교수는 이렇게 말했다. "도를 닦기 위해, 하수는 출가를 하고 고수는 출근을 한다." 매일 직업을 갖고 온갖 사람들과 부딪히는 현장에 도가 있는 것이지, 새와 나무만 있는 산속에 도가 있는 게 아니라는 거다(출근 안 하고 집에 있어도 나를 힘들게 하는 당신은 누구?).

직업, 즉 업에는 어마어마한 뜻이 들어있다. 업은 구원과도 관계가 있다. 서울대학교 배철현 교수는 [신의 위대한 질문]이란 책에서 이집트인의 내세관을 소개했다. 이집트인들은 사람이 죽으면 신 앞에 나아가 자신이 생전에 자신의 마아트maat를 찾아 그 맡겨진 의무를 다했는지 점검받는다. 마아트는 인간 개개인에게 맡겨진 고유한 미션을 찾는 행위다. 마아트를 다하지 못한 자는 괴물에게 잡아먹히고 마아트를 다한 이는 부활한다.

당신은 내가 해야 할 마아트가 무엇인지 고민하며 살고 있는가. 아니면 그저 주어진 환경에 적응하며 살고 있는가. 나 자신의 마아트가 무엇인지 알려고 노력하는 삶, 그 과정이 바로 도다. 고대 이집트인들에게 구원이란 인간이 얼마나 위대한 일을 했느냐가 아니라 자신에게 주어진 미션을 깨닫고 자신에게 맡겨진 그 마아트를 이루려 최선을 다하는 것이다.

– 배철현

배철현 교수는 "인생에 있어서 가장 큰 죄는 자신이 꼭 해야 할 일을 알지 못하고 그것을 찾으려고도 하지 않으며 그것을 위해 최선을 다하지 않는 것."이라고 말한다. 마아트를 다른 말로 하면 달란트다. 라다크리슈난이 말한 '제 참 목적'을 알고 그것에 자기를 온전히 바치는 것. 이게 직업이다. 만약 제 참 목적이 아니라면 대통령이 되었다 해도 죄를 짓게 된다. 우리는 제 참 목적이 사기꾼 혹은 (좋게 말해서) 사업가인 사람이 대통령이 되었다가 죄를 지은 경우를 보았다. 내 달란트가 구두를 만드는 것이라면 나는 구두를 만들어야지 정치를 하거나 회사원이 되어선 안 된다.

[바가바드 기타]로 돌아가 보자. 선한 왕 아르주나가 "상대 진영에 내 친족과 스승들이 있다"라며 활과 방패를 내려놓았을 때, 크리슈나 신은 "그럼에도 불구하고 나가 싸우라"며 전쟁을 부추긴다. 왜? 크샤트리아인 아르주나에게 삶의 목적은 전투이기 때문이다. 직업이 전쟁인 사람이라면 싸워야 한다. 그게 아르주나의 카르마다.

청소년들을 만나면서 가장 많이 듣는 말 중 하나가 "내

적성이 뭔지 모르겠다."라는 거다. 청소년이나 20대까지는 그럴 수도 있다. 그러나 서른 살이 넘어서도 이런 말을 한다면 그는 자기 달란트가 뭔지 찾으려고도 하지 않고 찾으려고 노력조차 하지 않은 셈이다. 남들이 다 가니까, 놀면 창피하니까, 부모님이 원해서… 회사에 들어가는 것은 옳지 않다. 타인을 위해 어떤 일을 하는 것은 죄다. 우리 인생을 낭비하는 죄. 이것이 내 일인지 먼저 생각해봐야 한다. 내 일이 아니라면, 사표를 내는 게 맞다. 내 일이라면, 뒤돌아보지 말고 활과 방패를 들고 나가 싸워야 한다.

* 이 글의 [바가바드 기타] 인용문은 '함석헌 옮김, [바가바드 기타]'에서 따옴.

참고 도서

_____ 함석헌 옮김, [바가바드 기타], 한길사 1996

_____ 배철현, 신의 [위대한 질문], 21세기 북스, 2015

지칠 때

머물 줄 알아야 정할 수 있고

정해야 마음이 고요할 수 있고

마음이 고요해야 편안할 수 있으며

편안해야 생각할 수 있고

생각해야 원하는 것을 얻을 수 있다

– [대학] 제1편 경문經文 2장

[대학]은 사서삼경의 하나로 [논어] [맹자] [중용]과 함께 유교에서 중요하게 생각하는 경전이다. 동양의 엘리트들이 암기하며 가치관의 기준으로 삼았던 책이다. 여기서 나는 [대학]의 저자(공자의 말씀을 제자 증자가 정리했다는 설, 그 이후 제나라 혹은 노나라 유생들의 저작이라는 설 등)나 [대학]이 세상에 알려진 과정 등에 관해 길게 논하고 싶지 않다. 이 부분은 아직도 논란이 되고 있으며 내겐 의견을 덧붙일 실력도 없다. 다만 [대학]이 우리에게 주는 문장을 함께 나누고 싶을 뿐이다.

2015년 여름, 나는 부족한 공부를 하려고 대학원 입학을 모색하고 있었다. 인문학 또는 동서양 고전을 좀 더 깊이 있게 배우고 싶었다. 그러나 큰돈을 들여가며 공부를 해야 하나 말아야 하나 고민이었다. 다시 시작하기에 늦어 버린 것이 아닐까, 지금도 충분한 거 아닐까 하고 갈등했다. 당시 나는 책 두 권을 집필하고 있었고 인문고전 토론반과 글쓰기 기초교실, 심화반 강의를 운영하고 있었다. 일주일에 평균 두 번 지방 특강을 하고 격주로 팟캐스트 방송을 하는 와중에 영문 원서 한 권도 번역하고 있었다. 거기에 모 아카데미에 글쓰기 특강까지 맡아 했다. 해도 해도 일은 끝이 없었다. 어느 더운 여름날, 지난 수첩들을 정리하다 2007년의 수첩 맨 앞 장에 '10년 목표'를 써 놓은 대목을 봤다.

'2015년- 50세가 되는 해. 모든 것을 정리하고 여름에 해외여행을 간다. 그때까지 열심히 돈 벌자!'

참으로 허망한 목표였다. 10년 가까이 나는 허덕이며 살고 있었다. 허탈했다. 수첩을 덮고 책상 위에 널려 있던 책 몇 권과 함께 짐을 싸서 평일 저가 항공편으로 제주로 떠났다. 제주에는 친척이 많이 살고 있지만 그들에게 연락하지 않고 대정 쪽에 있는 게스트하우스로 갔다. 바닷가 숙소에 2박 3일 동안 머물면서 스마트 폰을 꺼 두었다. 밥 먹고 해수욕을 하고 게으르게 지냈다. 셋째 날 아침 베란다에서 무심히 [대학]을 펼쳤다. 이때 읽었던 문장을 나는 잊을 수가 없다.

知止而后有定 지 지 이 후 유 정	머물 줄 알아야 정할 수 있고
定而后能靜 정 이 후 능 정	정해야 마음이 고요할 수 있고
靜而后能安 정 이 후 능 안	마음이 고요해야 편안할 수 있으며
安而后能慮 안 이 후 능 려	편안해야 생각할 수 있고
慮而后能得 려 이 후 능 득	생각해야 원하는 것을 얻을 수 있다

내게 필요한 것은 우선 머무는 것이었다. 그침. 정지. 멈춤. 인생에 때로는 서행이 필요하다. 그 느림은 순수하다. 생명을 지향하기 때문이다. 느림은 가는 것과 머무는 것 사이에 있다. 가면서 멈추고 멈추면서 가야 한다. 숨이 극한까지 찼을 때는 움직임을 그쳐야 한다. 그치지 않으면 죽·는·다.

큰 배움이라는 뜻의 [대학] 문장 앞에서 눈물이 나왔다. 나는 머물 줄 몰랐다. 휴일에도 일했고 휴가를 떠나서도 일을 생각했다. 아이는 순간순간 크고 아내는 나와 함께하는 시간을 원했지만 그들과 함께하면서도 머릿속은 온갖 프로젝트로 복잡했다. 사회에서 만난 이들과 한 약속은 소중하게 지켰지만 가족과 한 약속은 쉽게 깼다. 그렇게 바쁘면서 어디로 가는지도 몰랐다.

그렇구나. 그랬구나. 머물 줄 알아야 정할 수 있구나. 머물 줄 몰랐으니 정하지도 못했구나. 정하고 나야 고요하고, 고요해져야 안정이 되고, 안정이 되어야 생각이란 걸 할 수 있고, 그때 하는 생각만이 원하는 목표를 달성할 수 있게 해주는구나. 공자든 증자든 노나라 유생이든 이 글을 쓴 이여, 축복 있으라.

나는 집으로 돌아와 일정을 조절했다. 정기적 강의를 세 개에서 한 개로 줄였다. 영어 번역서와 원고 하나의 계약을 해지했다. 5일에 한 번씩 내 보내던 팟캐스트를 일주에 한 번, 격주 녹음으로 줄였다. 이렇게 일의 3분의 1쯤을 덜어내고 대학원에 등록했다. 남는 시간을 공부에 집중하기 위해서였다. 2년 뒤 좋은 성적, 훌륭한 스승 그리고 멋진 친구들과 함께 대학원을 마쳤다. "공부엔 끝이 없다."라는 깨달음도 얻었다. 만약 대학원 진학을 앞두고 내 일상을 정리하지 않았다면 나는 수업과 일이라는 두 가지 과제 속에서 숨이 막혔을지도 모른다.

대학원을 졸업하고 나서는 바쁠 때면 잠시 모든 것을 멈추는 버릇이 생겼다. 숨을 고르고 찬찬히 나를 돌아보면서 일의 경중에 따라 순서를 정한다. 그럼 조급해지지 않고 일이 더 잘된다. 무엇보다 중요한 건 마음의 평화니까. 그런데 앞에서 인용한 [대학](이세동 옮김)의 다음 문장은 이렇다.

사물에는 근본과 말단이 있으며
일에는 마침과 시작이 있으니
먼저 할 것과 뒤에 할 것을 알면
도에 가까울 것이다.

참고 도서
_____ 이세동 옮김, [대학 중용] 을유문화사 2007

조바심이 날 때

오직 세상에서 지극한 정성만이

그 본성을 다 발휘하게 한다.

작은 것이라도 지극히 하라.

작은 일에 최선을 다하면 정성스럽게 된다.

정성스럽게 되면 겉에 배어 나오고

배어 나오면 드러나게 되고

드러나면 밝아지고

밝아지면 감동시키고

감동하면 변하게 되고

변하면 이루어지나니

오직 정성을 다하는 사람만이 그렇게 될 수 있다.

- [중용] 22장, 23장

나는 활자 중독자입니다

[중용]은 대개 [대학]과 함께 책으로 엮인다. 북송의 유학자 주희가 [예기]에서 이 두 부분을 패키지로 빼내어 편집하면서 주목받기 시작했다. 16장에서 언급했듯이 [중용]은 [논어] [맹자] [대학]과 더불어 가장 중요한 유교 경전인데 주희에 따르면 이 책은 가장 마지막에 읽어야 한다. 그만큼 내용이 깊다. [논어]에서 공자는 말한다.

"중용이 이루는 덕이 참 지극하구나! 중용을 오래 실천하는 사람이 드물다."

[중용]에서는 이렇게 덧붙인다.

"중용은 불가능하다."

도대체 중용이 뭐길래? 북송 철학자 정자程子는 말했다. "중은 치우치지 않고 기울어지지 않으며 지나치거나 모자람이 없는 것을 이름한 것이며, 용은 평상이다.(유교문화연구소)" 그 말대로라면 일상 속에서 치우치지 않고 기울어지지 않고 지나치거나 모자람 없이 살아가는 게 중용이다. 쉬운 것 같지만 어렵다. 도인의 경지요, 성인의 수준이다. 우리 같은 범인들은 치우치고, 기울어지고, 지나치고, 모자란다. 그렇지 않으면 벌써 해탈했겠지.

[중용] 뒷부분에 정성에 관한 이야기가 나온다. 본문에는 '성誠'이라는 문자로 표현된다. 성誠은 진실한 마음이다. 진실한 마음이 없으면 정성이 없고 정성이 없으면 진실이 없다. [중용]에 따르면 어떤 일이 이루어지는 과정은 다음과 같다.

1   작은 일에 최선을 다한다.

2   정성스럽게 된다.

3   겉에 배어 나온다.

4   드러난다.

5   밝아진다.

6   다른 이를 감동시킨다.

7   변한다.

8   (뜻이) 이루어진다.

과학자나 예술가가 어떤 작품을 만들어내는 과정이 이와 비슷하지 않을까? 2018년 여름에 방송국에서 만난 세계적인 로봇과학자 데니스 홍 님은 이렇게 말했다.

"저의 연구소에는 20여 명의 연구자가 있습니다. 그중에는 대학생도 있어요. 연구소 문은 24시간, 일 년 내내 열려 있습니다. 제가 집에 가라고 해도 이 사람들이 집에 가질 않아요. 자기들이 너무 좋아서, 재미있어서 하는 일이거든요."

광주에서 만난 화가 주홍 님은 스튜디오에 창문이 없다. 일을 한번 시작하면 시간 가는 줄 모르고 몰두한다. 어차피 밤을 새우기 때문에 아예 창문 없는 곳을 골랐단다. 과학자와 예술가에겐 공통점이 있다. 휴일도 없이 1년 365일을 작업한다는 것이다. 이들에게는 일이 놀이요 유흥이다. 하루 14시간씩 일하기에 이들은 모두 장인이요, 달인이 될 수밖에 없다.

중은 가운데라는 극한이다. 원의 가운데를 찾아내기 위해서는 원의 지름과 면적을 정확히 이해해야 한다. 대충 찾아낸 가운데는 중용이 아니다. 외줄에서 떨어지지 않고 끝까지 가려면 중심을 유지해야 하는데 그러려면 오랜 훈련이 필요하다. 정성이라는 극한이 일상이 되는 것, 이것이 바로 중용이다.

[중용] 22, 23장에서는 정성을 다하면 결국 겉으로 드러나게 되고 사람들을 감동시킨다고 말한다. 2014년 겨울에 만난 도예가 김형규 님은 이 구절의 증인이었다. 전남 장성의 산골에서 아담한 집과 가마를 직접 세워 놓고 도자기

를 굽고 있는 그는 "일부러 산속에 들어왔다."라고 했다. 그와 함께 도자기를 빚고 차를 마시고 점심 저녁을 먹었다. 김형규 님은 느긋한 성품에 조용한 말투의 사나이였다. 보살 같은 부인과 두 아이와 함께 살고 있었다. 오전에는 책을 읽고 오후에는 도자기를 만들고 해가 지면 쉰다고 했다. 신선 같은 삶이었다. 헤어질 무렵 그에게 물었다.

"그런데 이 도자기들의 판로는 어떻게 구하시는지요?"

"글쎄요… 저는 도자기를 만들 때 이걸 어떻게 팔아야 하나, 어디다 팔아야 하나 고민하지 않습니다."

"왜죠?"

"깊은 산속에 꽃이 피어 있지 않습니까? 그 꽃이 향기가 나고 어여쁘면 벌 나비들이 알아서 찾아오지요. 저는 오직 그 심정으로 그릇을 향기롭고 예쁘게 만들 뿐입니다."

"!"

이야기를 나누던 중, 스님들이 그의 백자 몇 점을 사러 왔다(역시 스님들은 돈이 많아…). 그의 가마는 장성역에서 차를 타고 포장, 비포장을 거쳐 한 시간 넘게 와야 도착한다. 그런 곳까지 구매자들이 찾아오는 것이다. 김형규 작가의 말이 맞았다. 정성스레, 그러나 꾸준히 일하고 있으면 필요한 사람들이 알아서 찾아온다. [중용]의 말도 맞았다.

글을 쓰는 나는 종종 고민하곤 했다. 내가 쓰는 글을 어느 출판사에 넘길 것인가? 어떤 독자들이 읽을 것인가? 이제부터 그런 고민은 접어야겠다. 내 글에 정성을 들이면 글이 향기가 나고 어여쁘면 벌 나비들은 알아서 찾아올 것이다. 조바심낼 필요도 없다. 지금 하는 일에 최선을 다할 뿐이다.

참고 도서

_____ 유교문화연구소 옮김, [대학 중용] 성균관대학교 출판부 2007

_____ 이세동 옮김, [대학 중용] 을유문화사 2007

나는 활자 중독자입니다

바닥을 쳤다고 생각할 때

가장 훌륭한 것은 물처럼 되는 것입니다.

물은 온갖 것을 위해 섬길 뿐,

그것들과 겨루는 일이 없고,

모두가 싫어하는 낮은 곳을 향하여 흐를 뿐입니다.

그러기에 물은 도에 가장 가까운 것입니다.

– 노자, [도덕경] (오강남 옮김, 51쪽)

왜 우리는 늘 곤란함을 겪고 나서야 깨닫는가? 그나마 곤경을 겪고 나서 뭔가를 깨달으면 다행이다. 곤경을 겪고도 깨닫지 못하는 게 문제다. 대개 바닥을 친 이들은 다시 일어서지 않으려 한다. 일어서지 못한다. 의지도 없고 운명도 사납다. 쓰러진 그곳에서 아무것도 시작되지 않는다.

몇 달 전, 나는 친척 한 분의 부고를 받았다. 고독사한 그의 장례식은 초라했다. 조문객은 거의 없었다. 한때 그는 나와 가까운 사이였다. 세상사가 다 그렇듯 어찌어찌 멀어졌다. 그와 소식이 끊긴 지 10년 만에 그는 노숙인과 다름없는 모습으로, 그것도 시신으로 나와 대면했다. 한때 그는 작은 점포를 운영했고 집과 부인과 아이들이 있었다. 멋쟁이 신사였고 성격은 유순했다. 그랬던 그가 한 번의 사기로 상당한 재산을 잃은 후, 끝내 재기하지 못했다. 나태하게 세월을 허송하더니 부인과 아이들을 떠나 지방을 전전했다.

그의 휴대전화엔 가족을 포함해 10여 명의 연락처뿐이었다. 그는 죽기 전까지 고시원을 전전했다. 50대 후반인 그의 통장엔 3만5천 원이 전부였다.

그는 그야말로 바닥을 친 상태에서 세상을 떠났다. 나 역시 그에게 실망했던 적이 많아 장례식에도 가기 싫었다. 화장하기까지 내 마음은 냉정했다. 화장장에 불이 오르자, 그의 부인이 울음을 터뜨렸다. 나도 모르게 눈물이 났다. 가족과 지인들에게 상처만 남기고 간 그였으나 인간적으로 불쌍했다. 가장 비참한 상태에서 쓰러져 홀로 숨을 거두었을 그의 최후를 생각하니 연민이 느껴졌다.

그도 한때는 한 가족의 가장이었고 남편이었고 아빠였다. 그랬던 그가 왜 그렇게 비극적으로 세상을 등졌을까. 10년 넘게 혼자 살면서 뼈에 사무친 고독이 그를 죽게 한 것은 아닐까. 가족과 주고받는 정 없이 살아가는 시간이 힘들었던 건 아닐까. 비정非情이야말로 그의 사인이리라. 그의 곁에서 일상의 이야기를 들어주고 격려해주고 같이 웃어주는 사람이 한 사람이라도 있었으면 그는 바닥에서 다시 일어섰을까? 돌아오는 차 안에서 만사가 허무했다.

노자는 낮은 곳을 향하여 흐르는 물이기에 도에 가장 가깝다 했다. 물이 상선上善, 가장 뛰어난 선이라고 말했다. 물이 가진 최선의 덕목은 '다투지 않는 것'이다. 반에서 꼴찌를 하는 아이는 그 누구와도 성적을 두고 다투지 않는다. 다툴 필요가 없다. 영업 성적이 바닥인 사원은 다른 사람과 경쟁할 필요가 없다. 더 이상 내려갈 곳이 없는 사람은 내려가는 것을 회피하는 타인들과 싸울 이유가 없다. 그리고… 그곳에서 모든 것은 시작된다.

물이 자신을 낮춘다 함은 자신을 비하시킬 줄 아는 것이다… 물은 자신을 낮추며 흐른다. 그러다가 암석을 만나도 암석과 다투지 않고, 암석의 자리를 차지하려 하지도 않는다. 점잖게 스윽 비켜 지나갈 뿐이다.

김용옥, [노자와 21세기]

도올 선생은 물이 자신을 항상 낮추면서도 없는 곳이 없이 존재하는 무소부재를 실현함으로써 "신의 능력을 과시" 하고 있다고 말했다. 어마어마한 해석이다. 신의 능력이 있다면 무엇인들 하지 못하겠는가? 자본주의 사회에서는 자본이 신이다(언제나 신께서 나한테 오시려나…). 헝가리의 투자자 앙드레 코스톨라니(1906~1999)는 그의 책 [돈, 뜨겁게 사랑하고 차갑게 다루어라]에서 이렇게 말한다.

주식 거래에서의 손실(-)은, 실은 경험상으로 보면 수익(+)이다. 이것은 장기적으로 보면, 현재의 손실이 충분히 상쇄될 것이라는 의미이다. 주식에서 수익을 얻으면 사람들은 자기 생각이 적중했다고만 생각하고 들뜨게 된다. 거기서 무엇인가를 배울 생각은 하지 않는다. 심각한 손실을 겪고 나서야 사건의 밑바닥으로 들어가 어디에 문제가 있었는지를 진지하게 분석해 보게 되는 것이다.

인생도 마찬가지 아닐까? 장기적으로 보면, 현재의 손실은 충분히 상쇄된다. 사건의 밑바닥에서 어디에 문제가 있었는지 진지하게 분석해 보면, 결국 미래에 수익으로 돌아온다.

맹자는 말했다. "사람은 항상 잘못을 저지른 연후에야 고칠 수 있다." 문제는 자신을 고쳐야 한다는 거다. 공자는 말했다. "잘못을 저지르고도 고치지 않는 것, 그것이야말로 잘못이다." 잘 생각해 보자. 내가 왜 바닥을 치고 있는지. 돈 때문일까? 인간관계가 문제일까? 내 성격이나 습관 때문일까?

깨질 때는 철저하게 깨져야 한다. 그렇지 않으면 재시작이란 없다. 공은 바닥을 쳐야 튀어 오른다. 바닥을 향해 처참하게 추락할수록 하늘을 향해 힘차게 솟아오를 수 있다. 다만 바람 빠진 공에 반동은 없다. 자, 배에 힘을 빡 주자! 이제 박차고 나갈 차례다.

참고 도서

_____ 노자 지음, 오강남 옮김, [도덕경], 현암사 2010

_____ 노자 지음, 김용옥 옮김, [노자와 21세기], 통나무 2013

누군가 미워질 때

"무수한 사람들이 원수가 되어 의심하고 미워하고 서로 싸우다가

결국에는 뻗어 누워 한 줌의 재가 되었다는 것을 생각해 보라."

– 마르쿠스 아우렐리우스 지음, 천병희 옮김, [명상록] 4장

우리는 왜 서로 미워하고 싸우고 또 원수가 될까? 한때 사랑했던 사람도 배신하고 돌아선다. 사랑했던 만큼 더 멀어진다. 나에게 상처를 주고 나를 불행하게 만든 사람을 미워하지 않기는 어렵다. 용서하긴 더 어렵다. 사랑하면 그가 잘되길 바라고 미워하면 그가 잘못되길 바란다. 그게 인지상정이다.

아우렐리우스(121~180)는 왜 이런 말을 했을까? 그는 성품 자체가 범상하지 않았다. 늘 감사하는 삶을 살았다. [명상록] 앞쪽에 그는 할아버지부터 친구에 이르기까지 수십 명에게 감사의 말을 실었다.

"나는 할아버지 덕분에 착한 마음씨를 갖게 됐다."
"어머니 덕분에 검소한 생활 방식을 갖게 됐다."

"외할아버지 덕분에 훌륭한 선생을 모실 때는 돈을 아끼지 말아야 한다는 것을 알게 됐다."

"동생의 인품 덕분에 나는 나 자신을 돌아볼 수 있었다."

위에서 언급한 동생은 아우렐리우스의 양 아우로 루키우스 베루스다. 그는 이름난 난봉꾼이었다. 그런데도 아우렐리우스는 베루스를 칭찬한다. 그다음 문장은 "신들에게 감사 한다."이다. 그가 말하는 신이란 그리스 로마 신화의 신이다. "신들 덕분에 훌륭한 선조를 가졌고, 훌륭한 선생과 친구와 가족을 가졌고, 멍청하지도 않고 불구도 아닌 자식들을 가졌고… 고분고분하고 검소한 아내를 가졌다… 그리고 이것도 저것도 모두 신들이 내려 주신 것이다…"

이렇게 모든 일에 감사한 사람이니 살면서 어찌 타인을 미워하랴. 그는 상대의 긍정적인 면을 먼저 봤다. 모든 일에 참을성이 있었다. 백성을 사랑하고 인자했다. 스스로 되돌아보면서 마음의 평화를 깨지 않으려 노력했다. 동시에 아우렐리우스는 로마 황제로서 로마를 위협하는 타국으로부터 조국을 방어하기 위해 수많은 전쟁터를 누비면서 인생이 덧없음을 뼈저리게 느꼈다. [명상록]도 게르만 민족과 벌어진 전쟁 중에 틈틈이 쓴 것이다.

　[명상록]을 쓴 것에서도 알 수 있듯 아우렐리우스는 도서관에서 책을 읽고 토론하는 것을 좋아하는 얌전한 성품이었다. 그런 그가 "잘려나간 팔다리가 난무하고 피비린내 진동하는" 전장에서 철학적 통찰이 가득한 글을 썼다는 사실은 아이러니다. 아니, 실은 그것이 인생일지도 모른다. 지혜는 책상 위가 아닌 달리는 말 위에 있고 성찰은 고요한 도서관이 아닌 아비규환의 전쟁 속에서 피어난다.

　아우렐리우스는 로마 제국의 황금기를 구가한 5현제의 마지막 황제다. 세계 최대의 제국을 다스리는 리더에게 어찌 정적이 없고 라이벌이 없겠는가? 그러나 그의 인격이 훌륭하여 반란을 일으킨 자조차도 그 명분은 황제의 무능이나 폭정이 아니라 "주변에 간신이 많아서"였다고 말할 정도였다. 누군가를 미워하지 않으려면 아우렐리우스처럼 처음부터 너그러운 성품을 타고나야 하는가? 그건 너무 가혹한 확률의 문제다.

　내게 상처 준 사람을 잊기가 그리 쉬운가? 오래 강의를
해 온 내게도 미움의 앙금을 남긴 사람이 있다. 중년 여성
P 씨다. 강의를 들으러 온 P 씨는 시어머니 노릇에 선생 노
릇 하길 좋아했다. 나는 수강생 전체를 위해 그녀에게 주
의를 시켰다. 그러나 P 씨의 버릇은 고쳐지지 않았다. 무
엇보다 수업 시간 내내 비틀린 시선으로 내 강의를 비웃었
다. 나는 그를 퇴출하고 남은 수업료를 그의 계좌로 입금했
다. 그러자 그는 약 10시간 동안 단체 카톡 방에 나를 비롯
해서 나머지 수강생 한 사람 한 사람을 잘근잘근 씹어댔다.
"A는 이혼녀라 그렇게 남자들에게 들이대느냐" "B는 돈 자
랑 좀 그만해라" "C는 들을 것도 없는 강의에 와서 왜 그렇
게 선생에게 아부를 하느냐" 등등 온갖 모욕을 퍼부었다.
그 잔혹한 시간을 다시 생각하니 치가 떨린다. 그때 나는
쌍욕을 했다는 어떤 정치인을 이해했다. 정말 욕이 나왔다.
나는 욕 대신 P에게 "이 내용은 법적으로 명예훼손이 될
수 있다. 더 이상 참지 않겠다."는 개인 문자를 남겼다. 그는

"똑바로 살라"면서 나가버렸다. 뭘 똑바로 살라는 거지? 이런 자에게 미움을 거두기는 쉽지 않다. 내게 상처 준 자를 용서하기도 쉽지 않다. 그러나 언제까지 이런 일로 나 자신을 괴롭혀야 한단 말인가? 미움을 떨치는 한 방법으로 아우렐리우스는 우리에게 인생이 얼마나 덧없는지를 일깨운다. 그는 말한다.

인간이여! 너는 이 거대한 세계의 시민이었다. 네가 백 년을 살든 아니든 무슨 상관이랴. 너는 그저 이 세상이 원하는 만큼 산 것이다. 다른 이들도 마찬가지다. 너를 이 세상에 보낸 것이 자연이거늘, 그 똑같은 자연이 너를 세상 밖으로 내치는 것이 뭐 그리 통탄할 일이란 말이냐. 감독이 배우를 무대에 올릴 수 있다면 내려오게도 할 수 있는 법. "아직 끝나지 않았소. 다들 5막을 하는데 난 이제 3막을 끝냈다고요." 너는 이렇게 말하겠지. 그러나 네 인생이 3막뿐이라면 어쩌겠는가? 얼마나 오래 무대에 설지는 오직 감독이 정한다. 너를 고용한 것도 감독이기에 너를 해고하는 것도 그의 몫이다.

무대에 오르고 내려오는 것을 네 맘대로 할 수는 없다. 그러니 이제 만족하고 기쁘게 떠나라. 너를 무대에서 내려오게 하는 그도 역시 만족하리니.

– Marcus Aurelius 지음, George Long 옮김, [Meditations]

언제 죽을지도 모르는데 미워하며 지낸다는 건 너무 아깝다. 무엇보다 나쁜 건 그 미움 자체가 우리 영혼을 좀먹는다는 사실이다. 내가 편하기 위해서라도 미움이란 감정에 시달려선 안 되겠다. 우리가 백 년을 산다면, 아니 평균 수명인 80년을 꼬박 살 수라도 있다면 시간을 분배해서 올해는 좀 미워하고, 내년엔 좀 덜 미워하고, 내후년엔 좀 사랑하고 그럴 수 있다. 문제는 우리가 언제 죽을지 모른다는 사실이다. 아우렐리우스의 말처럼 인생이라는 무대에 오르게 하는 것도, 내려오게 하는 것도 다 감독의 몫이다. 운명, 자연, 하느님의 일이지 우리 일이 아니다. 그러니 우린 선택해야 한다. 타인을 미워하며 안타깝게 흘러가는 시간을 낭비할지, 아니면 우리를 지키기 위해서라도 미움의 감정을 덜어내고 살지. 이 순간 이후로 나 역시 저 괴팍했던 중년 P 씨를 내 뇌리에서 삭제하련다. 당신은 내 인생에서 OUT!

참고 도서

_____ 마르쿠스 아우렐리우스 지음, 천병희 옮김, [명상록] 숲 2005

_____ Marcus Aurelius 지음, George Long 옮김, [Meditations] Open Road Media 2015

내일 일이 걱정될 때

그러므로 무엇을 먹을까 무엇을 마실까 무엇을 입을까 걱정하지 마라. 이는 다 이방인들이 구하는 것이니 하늘에 계신 아버지께서 이 모든 것이 너희에게 있어야 할 줄을 아신다. 그런즉 너희는 먼저 하나님의 나라와 그의 의를 구하라. 그리하면 이 모든 것을 너희에게 더하시리라. 내일 일을 위하여 염려하지 말라. 내일 일은 내일 염려할 것이요 한 날의 괴로움은 그 날로 족하니라.

- [마태복음] 6장 31~34절

신약 성서 전체를 통틀어 가장 놀라운 대목이 예수님의 산상수훈이다. 흔히 8복이라 부르는 이 대목은 '심령이 가난한 자는 복이 있나니 천국이 저희 것임이요…'로 시작하는데 마태복음 5장 3절부터 7장 27절까지 계속된다. 기독교 핵심 사상이 거의 다 들어있어서 '신약의 헌장'이라 여겨진다. 주기도문도 산상수훈 중에 예수께서 제자들에게 가르쳤고 저 유명한 황금률 "남에게 대접받고자 하는 대로 너희도 남을 대접하라"(7장 12절)도 산상수훈의 일부다. 그 외에 명문들은 다음과 같다.

- 너희는 세상의 소금이니 소금이 만일 그 맛을 잃으면 무엇으로 짜게 하리요(5:13)
- 누구든 네 오른편 뺨을 치거든 왼편도 돌려대며(5:39)

- 너는 구제할 때에 오른손이 하는 일을 왼손이 모르게 하라(6:3)
- 어찌하여 형제의 눈 속에 있는 티는 보고 네 눈 속에 있는 들보는 깨닫지 못하느냐?(7:3)
- 구하라 그리하면 너희에게 주실 것이요 찾으라 그리하면 찾아낼 것이요 문을 두드리라 그리하면 너희에게 열릴 것이니(7:7)
- 좁은 문으로 들어가라(8:13)

  기드온 협회에서 발행한 성경책 앞부분의 색인을 보면 '걱정될 때'는 "무엇을 먹을까 무엇을 마실까 무엇을 입을까 걱정하지 마라."로 시작하는 마태복음 6장 31절을 읽으라고 권하고 있다. 6장 31절 앞부분 역시 예수님의 기막힌 메타포가 흘러나온다.

  하늘 나는 새를 보라. 심지도 않고 거두지도 않고 창고에 모아두지도 아니하되 하늘에 계신 아버지께서 기르신다. 너희는 이것보다 귀하지 않느냐? 너희는 어찌 옷을 위해 걱정하느냐? 들에 핀 백합

화를 보라. 수고도 아니 하고 길쌈도 하지 않으나 솔로몬의 모든 영광으로도 입은 것이 이 꽃 하나만 같지 못하느니라. 오늘 있다가 내일 아궁이에 던져지는 들풀도 하나님이 이렇게 입히시거든 하물며 너희일까보냐? 믿음이 적은 자들아.

믿음이 적은 자들아! 뒤통수를 후려친다. 어찌 먹고 입는 것을 걱정하느냐면서. 산상수훈 직전의 상황을 보자. 예수께서 병든 자와 귀신 들린 자, 간질병과 중풍 환자를 고치자 많은 무리가 따른다. 예수가 산에 올라가 앉으니 제자들이 그 앞에 앉았다. 예수는 왜 '먹고 입는 걱정 하지 말라'는 말을 했을까? 이때는 제자들이 예수의 진가를 알기 전이다. 혹 제자 중 누구는 예수에게 의술을 배워 병원을 차리려 했을지도 모른다. 또 누구는 신통술을 익혀 사기를 치려 했을지도 모른다. 아니면 웅변이라도 배워서 정치를 하려는 마음을 먹었을 수도 있다. 한마디로 이 시기의 제자들은 '우리 선생님의 가르침이 우리가 먹고사는 데 좀 도움이 되려나?' 하는 생각을 품고 있었다(김수환 추기경에게 재테크 알려 달라는 꼴). 이를 꿰뚫어 본 예수께서 일침을 날린다.

"먹고 사는 걱정은 여기서 하는 게 아니야. 나는 지금 하늘나라의 이야기를 하는 중이라고."

의식주는 걱정하지 마라. 너희가 해야 할 일은 '하나님의 나라와 그의 의를 구하는 것'이다. 산상수훈의 또 다른 음성을 들어 보자.

예물을 제단에 드리려다가 거기서 네 형제에게 원망 들을 만한 일이 있는 것이 생각나거든 예물을 제단 앞에 두고 먼저 가서 형제와 화목하고 그 후에 와서 예물을 드리라.

'하나님의 나라와 그의 의를 구하는 것=예물을 드리는 것'으로 생각한다면 하수 제자다. 아마도 이 정도라고 제자들이 생각했을지도 모른다. 어떤 제자가 자랑스럽게 "예배 잘 드리고 귀한 예물 드리면 되는 거죠? 그럼 의식주는 해결해 준다는 말씀이죠?"라고 질문했을지도 모른다. 예수는 한 단계 높은 차원을 제시한다. 예물을 드리는 것은 자아와 무관한 행위요 형제와 화목하는 것은 자아가 결합된 행위다. 자아가 결합된 선한 일, 타인이 알아주는 것과는 상관없는 일, 그 일을 먼저 하는 것이 하나님의 나라와 그의 의를 구하는 것에 가깝다.

간음하지 않는다? 하고 싶은데 못하는 것일 수도 있고 남들 모르게 할 수도 있다. 자아와 무관한 행위다. 음욕을 품고 여자를 보는 것은 자아가 결합된 행위다. 예수는 이것만으로도 간음이라 규정하면서 하나님의 나라와 그의 의를 구하려면 마음으로도 간음하지 말라고 말한다.

몇 년 전 광주에서 다문화센터를 운영하는 바수무쿨 씨를 만난 적이 있다. 인도에서 요가 선생으로 활동하던 그는

2000년 한국에 귀화해 자비로 외국인을 위한 사랑방을 운영하고 있다. 바수무쿨 씨는 한국에 처음 온 외국인들, 주로 동남아와 아프리카 사람들을 도와주는 일을 한다. 내가 찾아갔을 때도 생전 처음 만나는 탄자니아 유학생의 방을 구해 주고 있었다. 그 와중에, 한국의 나쁜 사장님에게 임금이 떼인 파키스탄 사람과 출입국에 관한 법률적 조언이 필요한 방글라데시 사람의 이야기도 듣고 있었다. 나는 그에게 물었다.

"먹고사는 걱정은 하지 않느냐?"

바수무쿨 씨는 자세를 고치더니 내게 답했다.

"제가 인도에서 요가 선생님에게 배운 게 있습니다. '생물이든 무생물이든 내가 다른 무언가를 도우면 그 도움은 돌고 돌아 반드시 나에게 돌아온다.'라는 겁니다."

아, 그런가? 바수무쿨씨는 대학에서 영어를 가르치면서 최소한의 밥벌이를 하고 남은 시간에는 한국에 온 외국 노동자와 유학생을 돕는 데 쓴다. 컨설팅비를 받거나 보답을 바라고 하는 행위가 아니다.

"그 사람들이 나중에는 또 나한테 도움이 되지요. 우주의 법칙은 그런 것 같습니다."

바수무쿨 씨는 내가 타인에게 베푼 은혜의 총량이 언젠가는 내게 돌아와 결국 플러스 마이너스 제로가 되는 '도움 총량의 법칙'을 믿는다고 했다. 바수무쿨 씨는 마태복음 6장 31절을 몸으로 실천하고 있었다. "나도 처음 한국에 와서 힘들었으니까, 그들을 보면 그때의 나 같다."라며 생면부지인 남을 돕고 있는 그의 대답 속에 '먼저 하나님의 나라와 그의 의를 구하는' 자의 모습이 보인다. 먹고 입고 사는 문제는 인제 그만 고민하고 자원봉사라도 해 볼까?

참고 도서

_____ [신약전서], 개역개정판, 대한성서공회 2013

나는 활자 중독자입니다

무엇이 중요한지 헛갈릴 때

묵돌은 그의 계모와 동생 그리고 그에게 복종하지 않았던 대신들을 모두 죽여 버리고 스스로 선우가 되었다. 흉노에 내란이 일어나 스스로 선우가 되었다는 소식을 들은 동쪽의 동호에서는 마침내 기회가 왔다고 생각했다. 그래서 사자를 보내 묵돌에게 두만의 천리마를 가지고 싶다고 말했다. 묵돌이 군신들의 의견을 묻자, 신하들은 이렇게 대답했다.

"천리마는 흉노의 보마이니 줄 수 없사옵니다."

묵돌은 차분히 감정을 드러내지 않고 말했다.

"이웃 나라끼리 겨우 말 한 마리 가지고 뭘 그리 따지는가?"

— 반고 지음, 김하나 옮김, [한서]

유방이 세운 한漢나라의 위협이었던 흉노는 고비사막 이북에 살면서 내내 한나라를 괴롭혔다. 한나라와 흉노는 전쟁과 화친을 번갈아 하며 관계를 맺어 왔다. 흉노는 문자 없이 말로 명령을 전했고 유목 생활을 했는데 이들의 왕을 선우라 했다.

묵돌(기원전 234~174) 선우는 아버지 두만 선우를 죽이고 왕에 올랐다. 그가 아버지를 죽인 이유는 정당방위였다. 묵돌은 태자였으나 두만이 새 여인 연 씨에게서 얻은 아들에게 태자를 물려주자 변방으로 쫓겨났다. 두만은 묵돌을 흉노 서쪽의 월지라는 나라에 인질로 주고 일부러 월지를 공격했다. 격분한 월지 사람들은 묵돌을 죽이려 했으나 묵돌은 기지를 발휘해 탈출, 고향으로 돌아왔다. 두만은 묵돌이 용맹한 것을 알고 나중에 써먹으려고 살려 두었다(두만 너는 이제 죽었다.). 묵돌은 두만과 계모에 대한 원한이 골수에 사

나는 활자 중독자입니다

176

무쳤다.

묵돌은 자기를 따르는 친위대를 만들어 훈련했다. 소리 나는 화살인 향전을 늘 지니고 있다가 명령했다.

"내가 향전을 쏘면 너희도 무조건 같은 방향으로 화살을 쏘아라."

묵돌은 사냥을 하며 친위대를 훈련했다. 같은 짐승의 몸에 화살을 맞히지 못한 자는 즉시 처형했다. 어느 날, 묵돌의 향전이 그의 말을 향했다. 친위대 중 차마 그 말을 향해 화살을 쏘지 못하는 자가 있었다. 묵돌은 그들도 처형했다. 또 다른 날, 묵돌이 아버지 두만이 아끼는 말을 향해 향전을 발사했다. 이제는 친위대가 남김없이 그 말을 향해 쏘았다. 마침내 묵돌은 날을 잡아 두만을 향해 또 연 씨를 향해 향전을 쏘았고 그의 부하들은 어김없이 그들을 향해 화살을 쏟아부었다. 묵돌은 친부를 죽이고 반란을 일으켜 스스로 선우가 됐다.

당시 흉노의 동쪽엔 동호, 서쪽엔 월지가 있어 흉노와 대립했다. 내란으로 어지러운 틈을 타 동호는 흉노를 시험할 요량으로 천리마를 달라고 요구했다. 군신들이 반대할 때,

묵돌은 "말 한 마리가 뭐 중요하냐"라며 천리마를 보냈다. 그러자 동호의 수장은 두 번째 요구를 한다. 묵돌의 아내를 보내라는 것이었다. 무리한 요구였다. 묵돌은 다시 회의를 소집하고 의견을 물었다.

"우리 왕비를 보내라는 것은 실로 모욕적입니다. 그럴 수는 없습니다."

대신들이 분개할 때, 묵돌은 차분하게 대답했다.

"이웃 나라에 여인 한 명 보내기를 아까워해서야 되겠소."

그는 씁쓸히 웃으며 사랑하는 아내를 보냈다(야심 때문에 아내까지 버린 너도 애비랑 별 차이 없~다.). 동호는 더욱 기고만장해서 세 번째 무리한 요구를 해 왔다.

동호의 수령은 사절을 흉노로 보내 묵돌에게 말했다.

"너희와 우리 사이의 변경에 불모지가 있으나 너희는 힘이 없어 차지할 수 없으니 우리가 그것을 점령하고자 한다."

묵돌은 다시 군신들에게 의견을 묻자 누군가 대답했다.

"그곳은 아무런 쓸모없는 버려진 땅이니 주든 말든 상관이 없습니다."

그런데 갑자기 묵돌은 버럭 화를 냈다.

"땅은 국가의 근본이거늘 어찌 남에게 준단 말이냐?"

그러면서 땅을 주자고 말한 사람들을 모두 죽여버렸다.

— 김하나 옮김

묵돌 선우는 왕권을 차지하기 위해 아버지를 죽이고 아내를 희생했다. 냉혈한이다. 그러나 왕은 냉정해야 한다. 정에 얽혀 눈물이나 질질 짜고 있어선 안 된다. 왕의 목적은 무엇인가? 나라를 지키는 것이다. 나라는 무엇인가? 땅이다. 땅이 없으면 디아스포라일 뿐이다. 왕은 가족을 희생해서라도 나라를 지켜야 하고 땅을 보존해야 한다. 묵돌은 그 사실을 정확히 알고 있었다. 묵돌은 땅을 내놓으라는 동호의 요구를 듣고는 즉시 말에 올라 동호 쪽을 향해 진격했다.

"행동이 느린 자는 모두 참수하리라!"

동호에 가까워지자 그는 쉴 새 없이 향전을 쏘며 진격했다. 그의 부하들 역시 연달아 화살을 쏘아댔다. 방비하지 못했던 동호인들은 혼비백산하여 도망갔다. 묵돌은 동호를 멸망시켜 버렸다. 만주지역에 살던 동호는 이후 뿔뿔이 흩어졌다. 묵돌 선우는 서쪽의 월지도 점령했다. 또 누란, 오손 등 중앙아시아 부족을 평정하고 남쪽으로 연나라와 대나라 지역까지 빼앗았다. 묵돌은 흉노 역사상 가장 강대한 나라를 건설하고 정복 지역을 확장해 그 이름을 역사에 남겼다.

묵돌 선우 시대로부터 2,000여 년 뒤, 묵돌과 전혀 다른 선택을 한 사람이 있다. 영국의 에드워드 8세다.

"사랑하는 여인의 도움이 없이는 국왕으로서의 의무를 다하는 것이 불가능합니다."

1936년 12월 11일 밤 대영제국의 왕 에드워드 8세는 BBC라디오 방송을 통해 국민들에게 자신의 사랑과 앞으로의 행보에 대해 발표했다. 발표의 요지는 사랑하는 여인과 결혼하기 위해 국왕의 자리에서 퇴위하겠다는 것이었다. 영국 국민과 전 세계인들은 경악했다. 도대체 어떤 여자가 대영제국 국왕의 마음을 이토록 사로잡은 것일까? 세계인의 관심은 한 여인에게로 쏠렸다.

- 콜린 에번스 지음, 이종인 옮김, [라이벌]

1931년의 어느 날, 런던의 재력가와 왕족이 모이는 파티에서 심프슨 부인과 왕세자 데이비드(훗날의 에드워드 8세)가 만났다. 심프슨 부인의 남편 미스터 심프슨은 아내가 왕세자와 사랑에 빠졌다는 사실을 알고 이혼을 요구한다. 심프슨 부인은 첫 번째 결혼에서 폭력 남편 미스터 스펜서를 만나 이혼, 통산 두 번 이혼했다.

영국 왕세자와 미국 이혼녀의 사랑은 공공연한 비밀이었다. 1936년 에드워드 8세는 왕위에 올랐다. 그는 심프슨 부인을 왕비에 앉히고 싶어 했다. 그러나 영국 왕실은 에드워드 8세가 두 번의 이혼 경력이 있는 미국 여인과 결혼하는 것을 반대했다. 왕실과 여론은 그에게 강요했다.

"왕위를 유지하면서 다른 참한 여인을 찾아 결혼하라.

스펜서 부인이었다가 심프슨 부인이 되었다가 돌아온 월리스 양과는 헤어져라."

에드워드 8세는 사랑을 버리느니 차라리 왕좌를 떠나는 선택을 했다. 세계가 깜짝 놀랄 소식이었다. 에드워드 8세는 퇴위 방송을 하자마자 심프슨 부인에게 달려갔고 이듬해 프랑스에서 조촐한 결혼식을 올렸다. 에드워드 8세의 동생 조지 6세는 전왕에게 윈저 공작의 작위를 내렸다. 왕이었던 에드워드 8세는 이제 윈저 공작이 되어 심프슨 부인에게 말했다.

"그대는 이제부터 윈저 공작부인이오."

두 사람은 35년간 해로했다. 에드워드 8세에게는 사랑이 전부였다. 사랑이 전부인 사람에게는 왕좌의 게임 따위는 중요하지 않다. 그는 오직 사랑 하나만 보고 달려간다.

무엇이 중요할까? 우린 선택하며 살아간다. 때로는 선택 속에 중요도가 반영되어 있기도 하고, 때로는 보류 속에 중요성이 숨어 있기도 하다. 묵돌에게는 땅이 가장 중요했기에 땅 이외의 것은 모두 포기했다. 에드워드 8세에게는 사랑이 가장 중요했기에 사랑 이외의 것은 모두 버렸다. 재테크로 성공한 내 제자 K는 하루에 3~4시간씩 잠을 자며 10년 동안 노력한 끝에 소형 아파트 20채와 5층 빌딩 한 채를 소유하게 되었다. 그동안 그는 건강을 희생했다. 면역성이 떨어져 몇 번이나 병원에 입원해 있곤 했다.

뭔가가 중요하다면 나머지는 중요하지 않아야 한다. 뭔가가 중요하다는 것은 그것 하나를 선택한다는 의미다. 하나를 선택한다는 것은 그 이외의 것은 버린다는 뜻이다. 무엇이 중요한지 잘 모르겠다면, 무엇이 덜 중요한지 생각해 보라. 무엇을 쥐어야 할지 헷갈린다면, 무엇을 놓아야 할지 헤아려 보라. 삭제하면 비로소 보인다. 무엇이 그대에게 정말 중요한지.

참고 도서
_____ 반고 지음, 김하나 옮김 [한서] 팩컴북스 2013

4
—

감
정

몸이 아플 때

소크라테스가 말했다. "사람들이 쾌락이라 부르는 것은 참 신기한 것이야. 이상하게도 고통과 연결되어 있거든. 보통 고통은 쾌락의 반대라고 여겨지는데 말이지. 우리가 이 둘을 같이 느끼려 하지 않을 텐데 하나를 쫓으면 다른 하나가 꼭 따라 오지. 마치 그 둘이 한 머리나 한 가지에 붙어 있는 것처럼."

– 플라톤 지음, Benjamin Jowett 옮김, [파이돈]

"아테네 청년들을 타락시킨다."라는 죄명으로 사형 선고를 받은 소크라테스가 독배를 마시던 날, 제자들이 찾아갔다. 형리가 소크라테스의 다리에 밤새 묶여 있던 쇠사슬을 풀어주자, 소크라테스는 발목을 문지르며 위와 같이 말한다. 그리고 이렇게 덧붙인다.

"내 발이 쇠사슬에 묶여 무척 아프더니만 그 고통에 쾌감이 뒤따르는 것 같다."

1975년, 의학계는 통증과 스트레스를 받을 때 이를 억제하기 위해 뇌에서 마약의 100배나 되는 호르몬이 분비된다는 사실을 밝혀냈다. 이 호르몬이 엔도르핀이다. 소크라테스가 이 사실을 알았던 걸까? 성인이나 현자들은 자연과 우주의 비밀을 직관적으로 파악하는 듯하다. 고대 그리스의 데모크리토스는 이렇게 주장했다. "물질을 쪼개가다 보면 더 이상 나눌 수 없는 상태(Atom)가 된다" 현미경도 없이 그는 이 사실을 어떻게 알았을까?

의학적 사실을 자세히 밝히기엔 내 지식이 너무 짧다. 다만 경험만을 이야기하겠다. 나는 30대 중반부터 2~3년에 한 번씩 요통으로 고통받다. 처음 허리가 끊어질 듯한 통증에 병원으로부터 "디스크가 부었다"라는 판정을 받고 신경 주사를 맞았다. 이때 일주일 동안 꼼짝없이 누워있었다. 진통제 기운이 떨어지면 다시 극심한 아픔이 밀려왔고 잠과 고통과 진통 사이에서 헤매었다. 사흘 쯤 되던 날, 새벽에 눈을 뜬 나는 창문 너머로 날이 밝아오고 새 소리가 들리는 것이 느껴졌다. 화장실에 가려고 천천히 몸을 움직이는데 잠자던 신경이 함께 깨어났다. 순간 통증과 함께 알 수 없는 묘한 쾌감이 밀려왔다. '이게 뭐지?' 그 짧은 순간, 마치 마취약이라도 맞은 듯한 기분이었다.

몇 년 전 교통사고를 당해 병원에 입원했던 적이 있다. 이때도 소크라테스가 말한 '고통에 따르는 쾌감'을 느꼈다. 큰 사고는 아니어서 2주 정도 누워있었는데 목과 허리가 아파 침대 위에서 끙끙거리다가도 어느 순간에는 알 수 없는 상쾌함이 전신을 감싸는 것이었다. 아픔이란 그런 것인가 보다. 즐거움의 또 다른 얼굴.

프랑스 작가 조르쥬 바타이유(1897~1962)는 책상 위에 늘 한 장의 사진을 붙여 놓았다고 한다. 1905년 청나라에서 한 죄수가 능지형을 받는 사진이었다. 능지는 능지처참陵遲處斬의 준말로 살점을 얇게 도려내어 지속적이고 극렬한 고통 속에서 천천히 죽어가게 하는 형벌이다. 명나라의 환관으로 반역죄를 저지른 유근은 4,700여 점의 살점이 도려지는 가운데 48시간 동안 살아있었다. 청나라 후기에 이르면 팔다리의 관절 부위를 자르고 관절을 뜯어낸 다음, 손·발가락을 자르고 가슴과 뱃가죽을 수십 번 회 치는 식으로 형벌이 진행됐다. 상처가 아물면 또 살점을 도려내고 아물면 다시 도려내는 방식으로 죄수를 죽지 않게 하면서 형을 계속했다.

바타이유는 이렇게 적어 놓았다. "이 사진은 내 삶에서 결정적인 역할을 했다. 황홀하기 그지없으면서도 차마 눈 뜨고 볼 수 없는 이 이미지, 고통의 광경을 담은 이 이미지는 평생 나를 사로잡았다."…대개의 경우, 사람들은 이런 이미지를 참고 볼 수 없다. 분주히 휘둘러진 칼날에 의해서 이미 양쪽 팔이 모두 떨어져 나갔을 뿐만 아니라 온몸의 가죽이 벗겨질 최종 단계에 놓인 산 제물의 이미지. 이 이미지는 그림이 아니라 사진이며, 신화 속의 마르시아스가 아니라 현실의 마르시아스를 보여주는 것이다. 사진 속의 이 희생자는 이탈리아 르네상스 시기의 성 세바스티안이 그랬듯이, 마치 황홀경에 빠진 듯이 고개를 위로 젖혀 눈을 치뜬 채 아직도 살아있다.

- 수전 손탁, [타인의 고통]

상상만 해도 끔찍하다. 그런데 죄수의 얼굴은 고통이 아니라 황홀에 빠진 모습이다. 그는 극심한 고통이자 극렬한 쾌감을 동시에 느끼고 있다. 아이러니다. 만약 그가 쾌감이 아닌 고통만 느낀다면 그의 얼굴은 일그러져야 한다. 생존의 욕망은 극단적이어서 죽음을 직면한 마지막 순간까지 몸부림친다. 고통이 가해질 때 우리 몸은 반대의 처방을 내놓는다. 의학은 그것을 호르몬이라 부르고 문학은 그것을 희망이라 부른다. 몸이 죽음을 향해 더 가까이 갈수록 마음은 생명을 향해 더 집요하게 매달린다. 그리하여 흔히 사형 직전에 죄수들은 육신에 남은 마지막 생명의 진액들을 배출한다. 의학은 그것을 정액이라 부르지만 문학은 그것을 사랑이라 부른다. 육체가 '이것은 고통이야'라고 외칠 때 정신은 '이것은 쾌감이야'라고 속삭인다. 몸이 '여기는 지옥이야'라고 느낄 때 혼은 '여기가 천국이다'라고 되뇐다.

그러므로 아플 때는 그 아픔을 온몸으로 받아들여야 한다. 아프다는 것은 아직 살아있다는 방증이다. 통증이 있어야만 엔도르핀이 나오며 통증이 멎는 순간 호르몬도 그친다. 누려라. 고통의 또 다른 얼굴은 쾌락이니, 지금 느끼는 지옥이 곧 천국이 될지도 모른다.

참고 도서

_____ 플라톤 지음, 전헌상 옮김, [파이돈], 이제이북스 2013

_____ Plato 지음, Benjamin Jowett 옮김, [Six Great Dialogues], Dover Publications 2007

나는 활자 중독자입니다

자존심 상할 때

오조께 예배하니 오조가 나에게 묻기를 "너는 어느 곳 사람이며 무엇을 구하고자 하느냐?" 하신다. 내가 대답하였다. "제자는 영남 신주에 사는 백성이온데 멀리서 와 스님께 예배드리게 됨은 오직 부처 되기를 구할 뿐 다른 것을 구하지 않습니다."

오조께서 "너는 영남 사람이요, 또한 오랑캐인데 어떻게 부처가 될 수 있느냐?" 하신다.

내가 대답하기를 "사람에게는 비록 남북이 있다 하지만 불성에는 본래 남북이 없사오며 오랑캐의 몸과 화상和尚(스님)의 몸이 같지 않지만 불성은 무슨 차별이 있사오리까?" 하였다.

이때에 오조께서 다시 말씀하고자 하시다가 대중이 모두 좌우에 있음을 보시고 이내 대중을 따라 일이나 하라고 하시기에 내가 말씀드리기를 "혜능이 화상께 아룁니다. 제자가 아옵기로 자기 마음이 항상 지혜를 내어서 자성自性을 여의지 않는 것이 곧 복전福田(복을 생산하는 밭)이라 아옵는데 화상께서는 다시 어떠한 일을 하라 하시옵니까?" 하였다.

오조 말씀하셨다. "저 오랑캐 근성이 너무 날카롭구나! 너 다시 더 말 말고 방앗간에 가 있거라."

– 혜능 대사 지음, 광덕 옮김, [육조단경] (괄호는 필자 주)

혜능(慧能 638~713)대사는 중국 선종의 6대조다. 중국학자인 박석 교수는 선종에 대해 이렇게 해설했다.

선종은 선을 종지宗旨로 삼는 종파라는 뜻이다. '선'은 산스크리트어 '디야나dhyana'의 발음을 딴 '선나禪那'에서 나온 말이다. '디야나'가 깊은 명상을 가리키는 말이니 결국 명상을 중시하는 종파라는 뜻이다. 선종의 기원은 꽃과 미소에서 출발했다. 그 옛날 석가모니가 영산에서 많은 제자들을 거느리고 설법했을 때 설법 도중 말을 멈추고 가만히 연꽃을 들어 사람들에게 보였지만 아무도 그 뜻을 이해하지 못했다. 다만 마하가섭만이 그 뜻을 이해하고 빙그레 미소를 지었다고 한다. 이른바 염화미소拈花微笑다…

불립문자는 선종의 종지다. 이것은 간단히 말하면 언어나 문자를 매개로 하는 이론보다 진리의 체험적 직관을 중시한다는 것이다.

선종 이전의 다른 종파들이 주로 경전을 중심으로 발전한 것이라면 선종은 그런 외적 형식보다는 실제적인 참선 수행을 중심으로 발전했다.

- 박석, [중국문화 대교약졸]

마하가섭에서 시작된 선종은 제자에서 제자로 전해져 28번째 계승자인 달마 대사에 이른다. 남인도 출신의 달마 대사는 위진남북조 시대에 포교를 위해 중국에 들어오면서 중국 선종의 시조가 된다. 달마 대사가 남조 양나라에 갔을 때, 불교를 위해 전폭적인 지원을 했던 양무제를 만났다. 양무제는 그 유명한 달마 대사를 만나자 칭찬 듣고 싶은 어린아이 같은 마음에 이렇게 물었다.

"제가 그동안 불교를 위해 엄청난 일을 했는데 저의 공덕이 참 크지요?"
"크기는요, 아무 공덕이 없습니다."

"어째서 그렇소?"

"부처께서는 '얽매이지 말고 베풀라'고 하셨습니다."

"내가 뭐에 얽매었단 말입니까?"

"많이 베풀었다는 마음에 얽매여 있습니다."

"그게… 부처님의 가르침입니까?"

"그렇습니다."

"스님은 참 예의가 없군요. 어디서 오셨다고요?"

"나무 관세음보살…"

달마 대사는 '불교에 대해 상당한 이해가 있다는 양무제가 이 정도인가?' 하는 생각에 아직은 때가 아니라 여겨 숭산 소림사로 들어가 9년 면벽참선을 한다. 이때 혜가慧可라는 사람이 찾아와 구도의 길을 물었다. 달마가 벽만 보고 대꾸를 하지 않자 혜가는 칼을 뽑아 들고 자기 왼팔을 잘랐다. 피가 뚝뚝 떨어지는 팔을 들고 깨달음을 얻겠다는 혜가를 보고 달마는 기가 막혀 물었다.

"도대체 알고 싶은 게 뭔가?"

"마음이 불안하니 평화를 주십시오."

"이 봐, 우선 팔부터 꽁꽁 싸매. 안 그러면 너 죽어."

혜가는 옷을 찢어 팔을 감싸고 나서 다시 물었다.

"그래도 불안합니다. 제 마음을 편안하게 해 주십시오."

"먼저 네 마음을 보여 줘 봐."

"아니, 내 마음이 어디 있는지 모르는데 어떻게 보여 줍니까?"

"이 자식아. 어디 있는지도 모르는 마음을 갖고 왜 불안하니 마니 지랄이야?"

혜가는 이때 확실히 깨닫는다. 없는 마음 때문에 방황해 선 안 된다는 것을. 혜가는 선종 2대조가 됐다.

세월이 흘러 5조 홍인 대사(602~675)가 기주(현재 안휘성) 동선사에서 포교하고 있을 때였다. 한 독실한 불교 신자가 이곳에 들러 [금강경]을 얻어갔다. 그가 신주(新州, 현재 광동 성 기춘현 지방)의 주막에 들러 경을 읽었다.

應無所住而生其心 마땅히 머문 바 없이 그 마음을 낼 지니라.

주막에 나무를 내려놓던 젊은이가 그에게 물었다.

"손님이 외우는 것이 뭡니까?"

"금강경이오."

"어디에서 그것을 얻으셨습니까?"

"나는 이 경을 기주의 동선사란 곳에서 구했소. 그 절에는 홍인 대사란 분이 있는데 한 번 설법하시면 듣는 이가 천 명이 넘을 정도라오. 나 역시 그곳에서 귀한 말씀을 듣고 마음이 흡족하여 이 책을 한 권 구했소."

"아…"

"왜? 젊은이도 대사의 말씀을 듣고 싶소?"

"들을 수만 있다면 듣고 싶습니다. 그런데…"

"그런데?"

"저에겐 늙은 어머님이 계십니다."

손님이 가만히 보니 젊은 나무꾼의 눈이 빛나고 있었다. 배움을 갈구하는 눈빛이었다. 흥분한 듯 침착한 듯 맑은 창이었다.

손님은 무엇에 홀린 듯 주머니에서 돈을 꺼냈다.

"은 열 냥이오. 이것으로 노모의 옷과 양식을 사서 쟁여 놓고 동선사에 가서 홍인 대사를 만나시오."

불교도라면 잘 아는 육조 혜능 선사의 첫 깨달음 장면이다. [육조단경]의 내용을 필자는 손님 처지에서 재구성해 봤다. 저 손님이 없었으면 육조도 없고 한국 조계종도 없었다. 중국 선종의 부흥을 이끌었던 혜능. 그가 머물었던 조계산에서 한국불교 조계종의 이름이 나왔다. 이처럼 혜능은 한국 불교계에 지대한 영향을 끼쳤다. 혜능선사는 43인의 제자를 길러내 중국 불교 발전에 크게 이바지했다. 그랬던 그도 까막눈에 나무꾼으로 살던 빈민이었다. 그는 나이 스물네 살에 [금강경] 제10장의 "응무소주이생기심應無所住而生其心 - 그 어느 것에도 얽매이지 말고 너 하고 싶은 대로 하라."는 말씀 하나로 우주적인 깨달음을 얻는다.

혜능은 노모와 하직하고 한 달 뒤 동선사에 다다랐다. 이곳에 가 홍인 대사를 만나 대화를 나누었을 때, 홍인은 속으로 깜짝 놀란다. 혜능은 자기가 애타게 찾던 후계자였다. 하지만, 그때까지 홍인을 따르던 수많은 제자가 혜능을 해코지할까 봐 일단 혜능의 자존심을 상하게 한다. 남쪽 지방 출신인 혜능에게 "오랑캐"라는 오명을 붙인다. 혜능은 이후에도 오랑캐라는 말을 자주 듣는다. 그러나 혜능은 개의치 않고 절에서 허드렛일을 하며 자기식으로 수행한다. 후계자를 선택해야 할 때가 된 홍인이 어느 날 제자들을 모아 놓고 "지혜를 모아 게송을 지어 오면 깨우친 사람에게 내 법과 가사를 전하고 6대조로 삼겠다."라고 말했다.

제자들은 환호하면서도 실망했는데 오조의 수제자이면서 교수직에 있는 신수가 후계자가 될 게 뻔했기 때문이다. 신수는 불심이 깊고 신중한 사람이어서 나흘 동안 13번이나 게송을 바치러 갔다가 돌아왔다. '여기 게송이 있소. 6조 자리를 내놓으시오.' 하는 것 같아 저어했다. 신수는 결국 모범답안을 제출하지 않고 법당 복도에 써 붙였다.

이 몸은 보리수

마음은 맑은 거울 틀

부지런히 닦고 먼지 털어

때 묻지 않게 하리.

제자들은 "역시 신수!"라며 오조가 후계자를 정하기만을 기다렸다. 홍인은 이 게송을 보고 신수를 따로 불러 "넌 아직 깨달음에 이르지 못했다"라고 했다. 도대체 무엇이 문제였을까?

이때 혜능은 절에 들어온 지 8개월째였고 여전히 잡일꾼 신세였다. 혜능이 나무를 하고 돌아와서 사람들이 웅성거리는 것을 보고 물으니 신수가 게송을 썼다고 했다. 일자무식인 그는 읽어달라고 부탁했다. 누군가 신수의 게송을 읽어주자 혜능은 잠시 생각하다 강주江洲 사람 장일용에게 자기 게송을 대신 써 달라고 부탁했다. 이때, 장일용은 "오랑캐가 게송을 짓겠다니 별일이네."라고 쏘아붙인다. 육조가 답했다.

"하하인下下人에게도 상상지上上智가 있고 상상인上上人에게도 하하지下下智가 있는 법이오. 사람을 업신여기면 큰 죄가 되는 줄 아시오."

이 말에 움찔한 장일용은 혜능의 게송을 대신 써 준다.

보리는 본디 나무가 아니고

맑은 거울 또한 틀이 없다.

본래 아무것도 없는데

어디에 때가 묻겠는가.

이글을 본 오조는 몰래 혜능을 찾아와 지팡이로 땅을 세 번 두드린다. 혜능은 그 뜻을 짐작하고 삼경에 오조를 뵈러 갔다. 오조는 그에게 가사를 전해 주고 6조로 삼았다. 이상은 [육조단경]의 가장 드라마틱한 부분이다. 일자무식의 행자 혜능이 일류대학 출신 모범생 신수를 물리치고 홍인의 후계자이자 선불교 6대조에 선정되는 과정이다. 그렇다면, 혜능은 도대체 무엇을 깨달은 것일까?

"나의 자성이 본래 저절로 청정하다는 사실을 상상이나 했겠는가?
나의 자성이 본래로 불생불멸이라는 사실을 상상이나 했겠는가?
나의 자성이 본래 저절로 모든 것이 갖추어져 있다는 사실을 상상
이나 했겠는가?
나의 자성이 본래로 아무런 동요가 없다는 사실을 상상이나 했겠
는가?"

- 무비 지음, [금강경 강의]

아, 나는 이 텍스트를 읽고 눈물이 났다. 가난하고 천하
고 오랑캐라 무시받던 나무꾼이 그 마음속에 온 우주의 아
름다움과 풍요로움을 갖추고 있다는 사실을 깨달았던 것
이다. 그것도 누가 갖다 주거나 노력해서 얻은 것이 아니라
본래 자리 잡고 있었음을. 생각 하나 바꾸면 알 수 있음을
번개처럼 알아챈 것이다. 그때, 그 기쁨이 어떠했겠는가? 혜

능의 자존심은 혜능만이 제어할 수 있는 것. 그 누구도 높이거나 깎아내리지 못했다.

자존심이 상할 때, 나는 [육조단경]을 다시 읽는다. 혜능은 "오랑캐"라 부르며 자신을 무시하는 이들에게 때로는 반응하고 때로는 못 들은 척하면서 지혜롭게 대처했다. 선사 이야기를 읽고 나면 항상 드는 생각이다. 자존심은 자기를 존중하는 마음이다. 자기도 없고 마음도 없는데, 무엇이 상하고 상하지 않는단 말인가?

참고 도서

_____ 혜능 대사 지음, 광덕 옮김, [육조단경] 불광출판사 2005

모욕당했을 때

어느 귀족 부인이 예수님의 묘지를 참배하고 돌아오는 도중 키프로스 섬에서 무뢰한들에게 심한 욕을 당했습니다. 부인은 너무나 분한 나머지 국왕에게 호소하고자 했습니다. 그러나 어떤 사람이 말하기를, 지금 국왕은 너무 무기력하여 어떤 일을 한다는 것은 생각도 못 할 일이며, 정의를 내세워 처벌해 주기는커녕 자기가 받은 모욕도 비굴하게 참는 인물이라는 것이었습니다. 부인은 처벌을 부탁하는 대신 그 분풀이로 왕의 무기력함을 꼬집어 주기로 했습니다. 왕 앞에 나아간 부인은 눈물을 흘리며 말했습니다.

"폐하, 저는 저를 모욕한 이들을 벌해 달라고 이렇게 나온 것이 아닙니다. 다만 조그만 위안이라도 삼고자 하니, 폐하께서는 그 갖가지 수모를 어떻게 참는지 좀 알려 주십시오. 그러면 저도 폐하를 본받아 제가 당한 모욕을 참아 보겠습니다."

바로 그 순간, 게으름뱅이 왕은 깊은 잠에서 깬 듯 홀연히 정신을 차렸습니다. 그리고 부인을 모욕한 자들을 엄벌에 처했으며, 이후 조금이라도 왕의 명예를 훼손하는 자가 있으면 가차 없이 벌을 내렸다고 합니다.

- 조반니 보카치오 지음, 장지연 옮김, [데카메론]

보카치오(1313~1375)가 쓴 [데카메론]은 그리스어로 '10일 동안의 이야기'란 뜻이다. 피렌체에 만연한 전염병 페스트를 피해 피에졸레 언덕의 별장으로 피신한 여인 7명, 남성 3명이 열흘 동안 하루에 하나씩 재미난 이야기를 한다. 즉, [데카메론]은 100편의 짧은 이야기로 이루어진 책이다. 이야기 속에는 왕족, 상인, 노예, 성직자, 여인들 등 다양한 인간군상이 욕망에 충실한 모습으로 등장한다.

젊은 수도사의 외도를 꾸짖으려다 상대 여인의 매력에 빠져버린 수도원장 이야기(젊은 수도사와 수도원장은 한 여인을 두고 애정행각을 벌인다), 처마 밑에서 추위 떠는 청년을 불쌍히 여겨 집으로 불러들여 목욕을 시키고는 엿보다가 욕정에 사로잡혀 결국 청년과 뜨거운 밤을 보내는 미망인 이야기, 유머로 여인의 마음을 산 노년의 신사 이야기 등 [데카메론]에는 중세의 기운이 남아있던 신의 시대에 쓰인 것이 맞는지 의심이 들 정도로 '날 것' 그대로의 에피소드로 가득하다.

이 책의 등장인물이 이야기를 진행하는 방식도 흥미롭다. 열 명의 참가자 중 한 사람을 여왕 또는 왕으로 뽑아서 사회를 맡기는데 왕은 술 마시고 춤을 추라고 명령을 하기도 한다(요즘 유행하는 '왕놀이'의 오리지널 버전이랄까.).

앞서 예로 든 스토리는 모욕당한 부인이 모욕에 무기력한 왕에게 호소하는 장면이다. 키프로스 왕은 세상사가 귀찮은 나태한 인물로 누가 그를 욕해도 무반응이었다. 귀부인은 자신을 모욕한 건달들을 벌주라고 호소하려다 왕의 성격을 듣고 허를 찌르는 방법을 택한다. "사람들에게 모욕을 당하고도 그리 견딜 수 있는 이유가 뭔지"를 알려달라는 것이다. 제 모습에 눈을 뜬 왕은 이전과는 다른 사람이 된다. 모욕에 대응하는 방법은 두 가지다. 모욕을 참거나, 대응하거나.

중국 고전에 등장하는 한신의 이야기는 모욕 참는 자를 대변한다. 몰락한 한韓나라 왕족이었던 한신은 허름한 옷차림에 칼을 차고 다녔다. 병법의 대가였으나 아직 알아주는 이가 없어 밥을 빌어먹고 다녔다. 어느 날 동네 건달이 시비를 걸었다. "칼은 왜 차고 다니느냐? 쓰는 법이나 아냐? 나 한번 찔러 봐라." 한신은 반응하지 않았다. 건달이 "찌르지 못하겠으면 내 가랑이 밑으로 기어라. 안 그러면 오늘이 네 제삿날이다."라고 하자 한신은 말없이 그의 가랑이 사이로 기었다. '과하지욕(袴下之辱, 가랑이 아래의 치욕)'이라는 고사성어가 탄생하는 순간이다(앞 세대인의 행동 하나로 후대 수험생은 할 일이 늘어난다.).

한신은 나중에 대장군이 되어 다시 고향으로 돌아가서 과하지욕을 만들어 준 건달을 만난다. 한신은 어떻게 복수했을까? 건달을 자기 경호원으로 삼았다. 경호원 임명장을 주면서 한신은 이렇게 말했다.

"옛날에 이 친구가 날 모욕했을 때 죽이지 않고 놔 둔 것은 그럴 명분이 없어서이다. 그날의 치욕을 참았기에 오늘 내가 대장군에 올랐다."

건달은 그날 이후 한신 경호부대의 일원으로 이전의 잘못을 후회하며 살았다. 한신의 말 한마디면 감옥에 가거나 죽을 수도 있는 위치에서. 한신은 모든 사람에게 본보기를 보였다. 나를 우습게 알았던 자도 나는 이렇게 중용한다. 내 그릇이 이 정도다… 건달은 그저 한신의 배포가 얼마나 큰지 보여주는 샘플일 뿐이었다. 한신은 모욕을 참는 자이면서 모욕을 준 상대에게 제대로 복수했던 사람이다.

제인 오스틴(1775~1817)이 스무 살 무렵에 쓴 소설 [오만과 편견]에 보면, 모욕에 대응하는 자가 등장한다. 여주인공 엘리자베스 베넷이다. 엘리자베스는 하층 귀족의 딸이다. 그녀에게 반한 피츠윌리엄 다아시는 상층 귀족 가문인데다 대단한 재력가다. 영화 [오만과 편견]이 그리는 엘리자베스 집안과 다아시 집안의 차이를 보자. 엘리자베스네 집은 단출한 2층에 돼지우리가 있는 조그만 마당이 있다. 다아시 씨의 집(정확히 저택)은 그리스 이오니아식 기둥이 수십 개 세워져 있고 호수가 있으며 그의 마당(정확히는 영지) 내에서 사냥을 할 정도다.

다아시는 엘리자베스에게 반해 청혼한다. 다아시가 오만하다는 편견을 갖고 있던 엘리자베스는 이 청혼을 거절한다. 우여곡절 끝에 다아시의 집을 방문하고, 다아시가 좋은 사람이라는 것을 알게 된 엘리자베스는 다아시의 재청혼을 받아들여 약혼한다. 엘리자베스는 '이 영지와 저택의 안주인이 못 될 뻔했지…'하며 살짝 후회하기도 한다.

약혼하자마자, 다아시의 숙모인 캐서린 백작 부인이 등장한다. 백작 부인은 왕족의 일원으로 다아시를 자기 딸과 결혼시키려 하고 있다. 품위로 보나 재산으로 보나, 귀족 작위의 등급으로 보나 다아시는 자기 사위가 되어야 마땅하고 하층 귀족의 딸인 엘리자베스에게는 어울리지 않는다는 것이 캐서린 부인의 생각이었다. 그녀는 엘리자베스를 찾아와 "너의 어머니나 친척들 꼴을 봐라. 네가 다아시와 어울린다고 생각하느냐. 어디서 가문도 재산도 변변찮은 게 툭 튀어나와서 우리와 맺어지려 하느냐."라며 모욕을 주고는 다아시의 청혼을 거절하라고 통고한다. 엘리자베스는 이렇게 답한다.

"분명히 말씀드리지만, 전 절대로 그런 확답을 드릴 수 없어요. 협박을 당한다고 해서 이치에 닿지도 않는 일을 받아들일 사

람이 아니에요… 이런 말씀 어떨지 모르지만, 캐서린 영부인,

이런 부탁 자체가 워낙 몰상식한 것인 데다가, 그렇게 상식을

벗어난 부탁을 뒷받침하는 논거도 보잘것없군요. 제게 이런

식의 설득이 통할 수 있다고 생각하신다면, 제 성격을 아주 잘

못 보신 겁니다. 영부인의 조카분이 자기 문제에 당신이 끼어

드는 것을 어느 정도 허용하실지는 모르겠지만요, 제 일에 관

여할 권리는 분명 없으십니다. 그러니까 제발 이 문제로 더 이

상 절 성가시게 하지 말아주십시오."

– 윤지관, 전승희 옮김

이렇게 말하는데도 캐서린 부인이 "너희 가문 따위가 우

리 가문을 더럽히게 놔 둘 수 없다."라는 식의 모욕을 가한

다. 요즘 유행하는 막장 드라마의 한 장면 같다. 보통 이쯤

되면 미래의 시어머니가 돈 봉투(!)를 내밀며 포기를 종용

한다. 끝내 돈 봉투가 나오지 않자 엘리자베스는 "부인께선

갖은 방법을 다 동원해서 저를 모욕하셨어요… 전 제 자신

의 의견에 따라, 영부인이건 누구의 의견이건 상관하지 않

고, 제가 행복해질 수 있도록 행동할 작정입니다."라고 답한다. 캐서린 부인은 분을 참지 못하고 돌아간다.

나는 이 대목을 읽으면서 카타르시스를 느꼈다. 무모한 갑질에 대응하는 을의 통쾌한 반란 아닌가. 1776년에 처음 쓰고 1811년에 수정한 제인 오스틴의 작품 속에 인간 선언이 있을 줄이야. 작가는 지위가 높다고 해서, 가진 것이 많다고 해서, 가문이 좋다고 해서 한 사람의 존재를 무시해서는 안 된다는 사실을 여주인공의 답변 속에 담았다. 사랑과 결혼을 선택할 때 가장 중요한 것은 여성의 자기결정권이라는, 지금은 당연하지만 당시로서는 당돌했던 주장을 담은 채.

엘리자베스는 승리했을까? 물론이다. 그녀를 향한 다아시의 굳건한 사랑 때문이다. 숙모의 갑질을 듣고 득달같이 달려온 다아시는 엘리자베스를 안심시킨다. 결혼하고 나서 다아시는 여전히 자신의 부인을 헐뜯는 숙모와 절교한다. 물론 엘리자베스의 설득으로 화해하지만.

살다 보면 우리의 뜻과는 달리 이런저런 모욕을 당할 때가 있다. 어떨 때는 한신처럼 참아야 하고 어떨 때는 엘리자베스처럼 들이받아야 한다. 무조건 참는 것도, 무조건 되받아치는 것도 능사는 아니다. 한신이 될지, 엘리자베스가 될지는 우리의 선택에 달렸다.

참고 도서

_____ 조반니 보카치오 지음, 장지연 옮김, [데카메론] 서해문집 2007

화가 날 때

노여워할 것이 못 되는 일에 대해 노여워하고, 지나치게, 그리고 오래 노여움을 품으며, 복수를 하거나 처벌을 할 때까지 노여움을 풀지 않는 사람을 우리는 '성질이 나쁜' 사람이라고 부른다. 성질이 나쁜 사람은 화를 빨리 내고, 또 화를 낼 만한 상대가 아닌 사람이나 일에 대해서 지나치게 화를 내지만, 대신 그들의 노여움은 쉽게 가라앉는다. 그들이 이렇게 되는 까닭은 성질이 급해서 노여움을 누르지 않고 드러내 놓고 화풀이를 하기 때문이다.

- 아리스토텔레스 지음, 홍석영 옮김, [니코마코스 윤리학]

아리스토텔레스는 아들 니코마코스에게 '어떻게 해야 행복하게 살 수 있는지'에 관해 이야기했다. 아버지의 훈화를 모은 것이 [니코마코스 윤리학]이다. 여기에서 아들에게 훈계한 역사상 세 명의 인물을 비교해 보자.

1. 솔로몬 왕

솔로몬 왕은 [전도서]에서 아들에게 이렇게 말한다.

"향락에 몸을 담가 행복이 무엇인지 알아보았더니 그것 또한 헛된 일이었다. 웃음이란 얼빠진 짓이라, 향락에 빠져 보아도 별수가 없었다. 노래 불러 주는 남녀 가수들과 수청들 여자도 얼마든지 있었다…

나는 또 여자란 죽음보다도 신물 나는 것임을 알았다. 여자는 새 잡는 그물이다. 그 마음은 올가미요 그 팔은 사슬이다. 하느님께 좋게 보이는 사람은 거기에서 벗어날 수 있지만 죄인은 잡히고 만다."

여자를 조심하고 향락에 빠지지 말라는 충고다. 그러나 정작 솔로몬 자신은 1,000여 명의 처첩을 거느렸다. "아빠가 해봐서 아는데 다 헛되고 헛되도다." 이런 조언은 먹히질 않는다. 충고는 길수록 나쁘다. 솔로몬 왕은 헛된 교훈을 남기느라 헛된 시간을 낭비했다(솔로몬의 아들은 생각했으리라. 너나 잘 해.).

2. 공자

공자는 아들에게 딱 두 마디를 했다.

"시를 읽고 예를 배워라."

공자는 제자들과 함께 지내느라 가정교육에는 신경을 쓰지 않았다. 그의 아들 공리孔鯉는 아버지의 학생들과 어울려 먹고 자며 지냈다. 공자는 삶 자체를 강의하였으므로 리는 아버지의 일상을 보며 배웠다. 자식 교육은 말로 하는 게 아니다. 부모가 사는 모습 자체가 교육이다.

3. 아리스토텔레스

아리스토텔레스는 [니코마코스 윤리학]이란 책으로 아들에게 주는 말을 남겼다. 이 책에는 "제비 한 마리가 날아온다고 봄이 온 것은 아니다"란 말이 나온다. 행복하게 살려면 좋은 습관을 들여야 하는데, 그게 하루아침에 되는 게 아니란 뜻이다. 아리스토텔레스는 온화함, 절제, 중용, 지혜 등 행복해지기 위해 꼭 필요한 덕목을 나열한다.

아리스토텔레스가 아들 니코마코스에게 윤리를 이야기하면서 받아쓰도록 했고 그것이 [니코마코스 윤리학]으로 남은 것이 아닌가 하는 의견도 있다(홍석영). 만약 그랬다면 니코마코스는 착하게 아버지의 말씀을 실천했을까, 아니면 지겨워했을까.

톨스토이의 소설 [안나 카레니나]의 첫 구절은 유명하다.

"행복한 가정은 모두 비슷한 이유로 행복하지만, 불행한 가정
은 모두 제각각의 이유로 불행하다."

행복해지는 길은 간단하다. 아리스토텔레스의 말처럼 관
대하고 절제하며 모든 일에 중용을 따르면 된다. 아리스토텔
레스는 죽을 때까지 싸우라고 하지 않고 네 목숨보다 더 소
중한 게 없으니 싸우지 말고 도망치라는 말도 하지 않는다.
그 대신 "싸우다 적당한 시기에 도망쳐야 내일 또 싸울 수 있
다."라고 말한다. 대단히 합리적이고 현실적인 조언이다.

화에 대해서도 마찬가지다.

"노여워해야 할 일에 대해서 노여워하지 않는 사람은 바보

다… 그러나 화를 잘 내는 사람은 감정 표현이 격렬하고, 성질이 급하며, 무슨 일에 대해서나 걸핏하면 노여워한다. 온화함의 덕과 비교해서 더 나쁜 것은, 노여움이 부족한 것보다는 오히려 지나친 것이다. 세상에는 화를 내는 경우가 더 흔하고, 이런 사람들과 더불어 사는 것이 더욱 거북하기 때문이다."

- 홍석영 옮김

인간은 감정의 동물이기에 2,300년 전에도 지금처럼 분노에 관해 많이 생각했다. 뇌 과학에서는 인간의 뇌가 가장 안쪽부터 '파충류의 뇌-포유류의 뇌-인간의 뇌'로 구성되었다고 말한다. 이성을 잃으면 감정만 살아 날뛰는 포유류의 뇌가 되고 감정 조절조차 되지 않으면 생식만 통제하는 파충류의 뇌 상태가 된다는 거다.

우리가 분노조절 장애를 겪고 있을 때는 우리의 뇌가 포유류와 파충류 사이에서 방황하고 있는 셈이다. 우리나라의 어떤 재벌 가족은 죄다 분노 조절이 안 되는 터라 자주 뉴스에 오르내리는데 그들은 인간이길 포기하고 종종 개와

도마뱀의 경계를 오가고 있다고 보면 된다("개XX!"라는 욕설이 그냥 나온 게 아니다.).

아리스토텔레스 말처럼 살다 보면 '화를 내는 경우가 흔하다.' 세상은 꿈결이 아니고 산다는 건 꽃길이 아니다. 일상이 전투요 인생이 전쟁이다. 휴전은 있어도 정전은 없다. 전쟁이 끝나면 삶도 끝난다. 그러므로 살면서 화도 내야 하고 소리도 질러야 한다. 화내야 할 때 화내지 않으면 병이 생긴다. 화병이다. 화병엔 약도 없다. 다만, 아리스토텔레스 선생 말처럼 너무 자주 화를 내고 소리를 질러 대면… 사람들이 우릴 싫어한다. 더구나 아랫사람이라고 막 대하며 화를 냈다간 하루아침에 몰락할지도 모른다. 세상이 변했다.

아이젠하워 대통령이 그랬다. "국민은 호랑이고 정치가는 사육사다. 호랑이가 길든 것 같아도 열 번 말 잘 듣다 한 번 화나면 사육사를 물어 죽인다." 내가 화를 내려는 상대는 호랑이요, 나는 사육사라 생각하자. 적당히 분노해야지 안 그러면 물려 죽는다.

참고 도서
_____ 아리스토텔레스 지음, 홍석영 옮김, [니코마코스 윤리학] 풀빛 2007

복수심에 사로잡힐 때

프로크네는 쓰다 달다 말 한마디 하지 않았다. 믿어지지 않겠지만 프로크네는 정말 아무 말도 하지 않았다. 그 사연은, 한마디 말로 그 반응을 나타내기에는 지나치게 슬픈 사연이었기 때문이었다. 말을 하고 싶어도 응분의 말을 찾을 수 없을 만큼 슬픈 사연이었다. 프로크네에게는 눈물을 흘리고 있을 시간도 없었다. 프로크네는, 복수할 계획을 세우는 데 온 정신을 쏟았다. 이 복수 계획은, 선악의 잣대를 깡그리 벗어난, 참으로 상궤를 멀리 벗어난 것이었다.

                    - 오비디우스 지음, 이윤기 옮김, [변신 이야기 1]

그리스 신화에서 가장 잔인한 복수를 한 프로크네는 아테네의 공주였다. 아테네가 이민족의 침입으로 위태로울 때, 트라키아 왕 테레우스가 원군을 이끌고 와서 구해주었다. 아테네 왕 판디온은 테레우스의 용맹함에 반해 딸 프로크네를 시집보낸다.

테레우스와 프로크네가 결혼해서 5년째 되던 해에 프로크네는 동생 필로멜라가 보고 싶어 테레우스에게 여동생을 데려 와 달라고 부탁한다. 테레우스는 애처가여서 처제를 데리러 간다. 아테네 궁에 와서 몇 년 만에 필로멜라를 다시 본 테레우스는 깨닫는다. 자신이 애처가 역을 더는 할 수 없다는 것을. 그는 필로멜라에게 반하고 만다. 필로멜라에게 매력을 느끼는 것을 넘어 '무슨 수를 써서라도 그녀를 갖겠다'라는 흑심을 품는다(미녀만 보면 왜 남자들은 악마가 되는지…).

테레우스는 필로멜라를 배에 태워 트라키아로 돌아오자마자 숲에 돌담을 쌓고 오두막을 짓는다. 그녀를 이곳에 가두고 강제로 자신의 욕정을 채운 다음, 울부짖는 필로멜라의 호소가 듣기 싫어 그녀의 혀를 잘라 벙어리로 만든다. 잔인한 테레우스는 뻔뻔스레 궁으로 돌아와 아내에게 "필로멜라는 죽었다"라고 말한다. 이날 이후 테레우스는 처제를 제 욕망의 희생물로 만든다. 폭력 앞에 굴복하고 말도 할 수 없게 된 필로멜라는 1년 동안 갇혀 살면서 베를 짜는데 제 사연으로 자수를 놓아 그 천을 언니인 왕비에게 전한다. 필로멜라의 사연을 알게 된 프로크네는 남편에게 잔인한 복수를 다짐한다. 우선 숲으로 달려가 필로멜라를 구해 온다. 불행한 처지가 된 자매는 복수를 공모하는데 프로크네의 어린 아들 이튀스를 토막내어 테레우스에게 먹이는(!) 것이다.

아무것도 모르고 제 자식의 살을 먹던 테레우스는 아들의 머리를 보고는 미친 듯이 절규하며 두 여인을 쫓는다. 테레우스의 손이 둘에게 닿기 전, 프로크네는 꾀꼬리, 필로멜라는 제비가 되어 날아갔고 테레우스 자신도 금방이라도 싸우려는 것처럼 보이는 후투티로 변신한다.

그리스 신화에서 복수는 종종 엽기적 방식으로 구현된다. 프로크네와 같이, 친자식을 죽여서 상대(남편)를 괴롭히는 여인이 또 있다. 메데이아다.

메데이아는 이아손이 어려울 때 그에게 도움을 주고 결혼하여 아이를 낳았다. 말하자면 조강지처다. 이아손이 다른 여자를 맞아 들이려 하자 메데이아는 잔인하게도 자신과 이아손 사이에서 낳은 두 아들을 죽여 복수한다. 이쯤 되어야 복수다. 프로크네와 메데이아는 자신의 혈육을 죽이는 고통을 감내하면서 복수를 한다. 나는 온전하고 상대만 아프게 만들 수 없을 때는 공멸의 길까지 서슴지 않고 선택한다.

프로크네는 폭행과 강간으로 상처 입은 여동생의 아픔을 함께 느끼고 복수를 결심했다. 메데이아는 남편의 외도라는, 인류 역사를 관통하는 여성의 짐을 짊어지고 복수를 계획했다. 복수가 불러올 또 다른 죄는 복수의 실행자 앞에서 한없이 가볍다. 마약 중독자는 마약에 중독되고 활자 중독자는 활자에 중독되듯 복수는 복수 자체에 중독된다.

  헤로도토스의 [역사]에는 '자신에게 가해진 모욕에 대해 가장 무섭게 복수한 사람'인 헤르모티모스가 등장한다. 신화가 아닌 실존 인물이다. 헤르모티모스는 페르시아 노예 시장에 전쟁 포로로 끌려 나온 고아였다. 그를 산 사람은 파니오니오스라는 키오스인이었다. 파니오니오스는 미소년들을 데려다 일부러 거세를 시켰다. '미래의 내시'가 될 아이는 정상인 아이보다 비싸게 팔렸기 때문이다. 파니오니오스는 단지 생계를 위해 하루에도 몇 번씩 칼을 들고 예닐곱 살 된 아이의 생식기를 잘라냈다. 헤르모티모스는 사르데이스에서 다른 진상품과 함께 페르시아 황제 크세르크세스에게 보내졌다. 눈치가 있고 똑똑했던 그는 이내 왕의 눈에 들어 총애받는 환관의 위치에 올랐다.

  크세르크세스가 페르시아 전쟁 준비를 위해 사르데이스에 머물 때, 헤르모티모스는 키오스인들이 있는 마을에 갔다가 파니오니오스를 만났다. 파니오니오스에게 황제의 총신 헤르모티모스는 감히 얼굴을 들어 쳐다볼 수도 없는 존재였다. 헤르모티모스는 파니오니오스를 초대해 연회를 베풀면서 친절하게 말했다.

"당신이 아니었으면 나는 지금의 위치에 있지 못했을 겁니다. 아마 이름 없는 고아로 자라 저 원정군의 끄트머리에서 창을 들었거나 사르데이스에서 노예 상인을 하고 있었겠지요."

그는 이렇게 파니오니오스를 안심시켰다. 여러 날 다정히 대해 준 뒤, 그는 파니오니오스에게 가족을 데려오면 모두에게 좋은 선물을 주겠다고 약속했다. 우쭐해진 파니오니오스는 자식과 아내를 불렀다. 헤르모티모스는 파니오니오스의 아들들을 한쪽 방에 가둔 뒤 파니오니오스에게 말했다.

"세상에 너처럼 더러운 방식으로 밥을 벌어먹는 자는 없다. 나나 내 가족이 너와 너희 가족에게 아무런 죄를 짓지 않았는데 너는 어찌하여 나를 멀쩡한 남자로 살지 못하게 했단 말이냐? 이제 신께서 너를 내게 넘겨주었으니 나는 정의를 행하여 네게 복수하리라."

헤르모티모스는 파니오니오스에게, 지난날 자신에게 했던 것과 같이 파니오니오스의 아들들을 거세하게 했다. 아들들이 모두 거세당하고 나서는 아들들에게 명하여 그 아비를 또한 거세하게 했다.

복수란 이런 것이다. 이토록 잔혹하고 이토록 결정적인 것. 필생의 과업과도 같은 것이다. 복수하려면 먼저 복수할 만한 힘이 있어야 한다. 복수를 하다 목숨을 버릴 수도 있어야 한다. 어설픈 복수는 없다. 재방송은 없으니 하려면 제대로 하라. 그러지 않는다면… 복수는 남의 것.

참고 도서

_____ 오비디우스 지음, 이윤기 옮김, [변신 이야기 1], 민음사 1998

나이 들었다고 느낄 때*

"나이가 들면 이런 미쳐 날뛰는 감정에서 꽤나 자유로워지지요. 사나운 본능이 우릴 놔주니까요. 욕망이 식어 그 강렬함을 잃고 나면, 우리는 소포클레스가 말한 것처럼 수많은 미친 주인들로부 터 벗어나게 된답니다. 잘 생각해 보면 노인이 가족의 존경을 받지 못하고 욕먹는 이유도 한 가지입니다. 나이가 들어서가 아니라 성 격이 나빠서이지요."

- 플라톤, [국가]

플라톤의 책 [국가]는 소크라테스, 그의 동료, 선후배들이 벌이는 대화체 형식으로 되어 있다. '정의란 무엇인가?' '이상적인 국가란 어떤 것인가?' '교육이란 무엇인가?' 등에 관한 소크라테스의 대답 속에 플라톤의 사상이 녹아 들어있다.

플라톤은 훌륭한 철학자이자 작가였다. 내 생각이 옳으니까 당신들은 듣기만 하면 된다는 식의 자세가 아니다. 그는 '5%의 진실을 전달하기 위해서는 95%의 농담이 필요하다'라는 너새니얼 호손의 문학론을 미리 알고 있었나 보다. 다양한 사례와 공방 속에서 독자들이 저절로 수긍하게 만드는 것이 플라톤 철학의 특징이다. 플라톤이 자신의 사상을 전하려고 희곡 형식을 채택했다는 것은 2,300년 전에 쓰였다는 사실을 염두에 보면 놀라운 일이다.

[국가]의 전 내용을 요약하는 것은 이 글의 목적이 아니다. [국가]의 시작 부분에서 소크라테스는 케팔로스 노인

을 만난다. 케팔로스는 방패 제조업으로 부자가 된 노인이다. 소크라테스는 이때 50세쯤 된 철학자이고 케팔로스는 '죽음의 문턱'에 다다른 노인이다. 그의 맏아들 플레마르코스가 소크라테스와 열아홉 살 차이가 나는데 그렇다면 케팔로스는 60~70세라고 여겨진다.

소크라테스가 케팔로스에게 "노년의 삶이란 어떤 것인가?" 하고 묻자 케팔로스는 앞의 인용문처럼 대답한다. 인용문에서 "소포클레스가 말한 것처럼"이라는 문장이 나온다. 케팔로스는 앞서 이렇게 이야기했다.

누군가 소포클레스 선생에게 성생활에 대해 물었다오.
"소포클레스 선생. 요즘도 여인과 사랑을 나누곤 합니까?" 그러자 소포클레스 선생이 대답했지요. "무슨 소리! 못 한 지 오래됐어… 근데 좋은 점도 있다네. 꼭 미치광이 주인한테서 벗어난 것 같다니까."*

그러면서 케팔로스는 "지혜롭고 절제할 줄 아는 사람에게는 노년도 가볍게 느껴지지만, 그렇지 않으면 젊음도 짐이라오."라고 덧붙인다. 사람에 따라서는 나이 드는 것이 좋을 수도 있다는 이야기다.

나이 들었다고 느낄 때가 있다. 젊은 후배가 지칠 줄 모르는 체력으로 일을 처리할 때, 신입사원의 얼굴이 주름 하나 없이 탱탱할 때, 어린 그녀에게 주위의 남자들이 나에게 보여주는 것보다 과한 호응을 보낼 때, 하룻밤을 새우고 에너지가 고갈된 듯 느껴질 때… 우리는 낡은 육신을 내려다보며 서글퍼진다(보톡스라도 맞을까?).

그러나 생물학적인 나이가 노후의 유일한 징표일까? 정신적 측면만 놓고 보면 20대 노인이 있고 60대 청년이 있다. 대화 내내 고루하고 꽉 막힌 스물아홉이 있는 반면, 유머와 활기가 넘치는 마흔여덟이 있다. 대학 졸업과 동시에 배움을 그친 애늙은이가 있고 죽기 전까지 배움을 멈추지 않는 베테랑이 있다.

단지 태어난 지 몇 년이 지났는가 하는 것만으로 그의

젊음과 늙음을 가른다는 것은 무리다. 다음의 세 가지 변수 때문이다. 현대 의학, 여권에 찍힌 도장, 그리고 유머. 현대 의학은 우리의 생물학적 노화를 최대한 늦춰 준다. 여권에 찍힌 도장 개수는 우리의 모험학적 퇴행을 최대한 잡아둔다. 유머는 우리의 심리학적 피폐를 최대한 벌충해 준다.

몇 년 전, 나는 모 시민대학에서 글쓰기 강사를 맡은 적이 있다. "나의 청소년 시절에 보내는 편지"라는 제목을 주고 A4 용지 한 장에 글을 쓰게 했다. 스무 살부터 80대까지 80여 명의 수강생은 조용히 글을 써 내려갔다. 글쓰기시간 20분이 지나면 열 명 정도 앞에 나와 읽게 한다. 제일 먼저 74세의 김철환 할아버지(가명)에게 쓴 글의 낭독을 부탁했다.

"너는 도대체 언제 정신을 차릴 거냐? 공부도 안 하고 놀기만 하고, 기술도 제대로 배우지 않고… 네 생각만 하면 나는 등에서 식은땀이 흐른다. 젊은 시절을 그리 허송세월로 보내 버렸으니 지금 이렇게 고생하고 있는 것 아닌가? 지난 시간, 헛되이 보낸 내 인생을 생각하면 나는 도무지 잠이 오지 않는다. 이렇게 후회할 줄 알았으면 열심히 살 것을…"

강의실이 숙연해졌다. 나는 그분께 물었다.

"혹시 부인은 건강하신가요?"

"3년 전에 먼저 하늘나라로 갔지요."

"그럼 자제분들은요?"

"아들 하나 딸 하나 결혼해서 저들 살기 바쁘죠."

"그럼 혼자 사세요?"

"그렇죠. 혼자 살아요."

"뭐가 그렇게 후회되세요?"

"그냥 아무 생각 없이 살아온 거지요. 뭐 특출하게 하나 이룬 것도 없고, 남들보다 잘난 것도 없고…"

순간, 작은 이벤트를 하면 좋겠다는 생각을 했다. 나는 김철환 할아버지에게 무대처럼 생긴 강단 한쪽에 가 계시라고 했다. 그리고 강의실을 메운 수강생(대부분 중년 여성)들에게 부탁했다.

"지금 이 자리에서, 인생을 건강하게 살아오신 김철환 님께 '훌륭한 인생상'을 드리겠습니다. 무대로 나오실 때 마치 아이돌 스타가 나타나는 듯 우레와 같은 박수를 보내 주시기 바랍니다. 김철환 선생님께서는 무대 가운데로 나와 수상 소감을 말씀해 주십시오."

김 선생이 걸어 나오자 수강생들은 손뼉을 치며 환호했다. 무대 가운데에 서서 마이크를 받아드는 그는 진짜 큰 훈장이라도 받는 듯 떨며 말했다.

"보잘것없는 사람에게 이런 상을 주셔서 감사합니다. 앞으로 열심히 살아가겠습니다. 젊었을 때는 정말 너무 철이 없어서 이렇게 될 줄 몰랐는데…"

김 선생은 말을 잇지 못했다. 그의 왼쪽 눈에서 마른 눈물이 한 줄기 흘러내렸다. 수강생 중 몇몇은 손수건을 눈에 가져갔다. 김 선생은 머리가 새하얗고 등은 구부정해, 나이보다 열 살은 더 들어 보였다. 그다음 순번은 이신범 님(가명)이었다. 이 선생은 83세의 나이에 문화해설사로 활발히 활동한다. 머리도 검게 염색하고 말투도 또랑또랑해 열 살은 젊어 보였다. 이 선생이 무대로 나오더니 자기보다 실제 나이는 열 살이나 어리지만, 보기엔 열 살 더 들어 보이는 김철환 할아버지에게 이렇게 말했다.

"아, 젊은 사람이 왜 그래? 힘내!"

수강생들 모두 웃으며 자지러졌다.** 우리는 살다 보면 후회도 하고 좌절도 한다. 그러나 어떨 때는 그저 이 세상에 건강히 존재하는 것만으로도 충분할 때가 있다. 두 어르신은 그걸 증명했다. 한숨 쉬지 말자. 나이 들었다고 여기기에는 너무 젊다. 당신도 그리고 나도.

* 이 장의 [국가] 원문은 Plato 지음, Desmond Lee 옮김, [The Republic]의 영문을 필자가 번역했다.

** 김철환 님 이야기는 〈월간에세이〉 2015년 12월 호에 필자가 쓴 내용을 재인용했다.

참고 도서

———— Plato 지음, Desmond Lee 옮김, [The Republic] Penguin books 2007

부럽거나 시기하는 마음이 생길 때

원숭이들 중 가장 아름다운 놈도 사람의 부류에 비하면 추하다.

– 헤라클레이토스, 김인곤 외 옮김, [소크라테스 이전 철학자들의 단편 선집]

현대에 전해지는 인문 고전을 다룰 때, 중요한 하나는 '판본 및 인용의 문제'다. 누가 어느 책에서 그렇게 이야기했는지를 정확히 알지 못하면 다 소용없는 짓이다. 사람의 기억력에 한계가 있기 때문에 잘못된 정보를 제공할 수도 있고 그 잘못된 정보가 전파될 수 있다. 예를 들어 우리는 "너 자신을 알라"라는 말을 소크라테스가 했다고 알고 있지만, 언제 어디서 그렇게 말했고 또 어떻게 기록되어 있는지는 잘 모른다.

독일 문헌학자 헤르만 딜스와 발터 크란츠가 1903년에 처음 펴낸 [소크라테스 이전 철학자들의 단편 선집](이하 [단편 선집])에 따르면 이 말은 스파르타 사람 킬론이 했으며 킬론이 그렇게 말했다고 전한 사람은 4세기경 활약한 그리스 학자 스토바이오스로 그가 쓴 [선집]에 그렇게 적혀 있다. 킬론은 스파르타의 현인으로 생몰 연도는 정확지 않으나 헤로도토스의 [역사]에 따르면 기원전 572년경에 이미 노인이었다 하니 소크라테스보다 훨씬 이전 사람이다. 그는 고대 그리스의 7현인 중 하나였다. 플라톤은 [프로타고라스](강성훈 옮김)에서 소크라테스가 이 현인들에 관해 이렇게 말했다고 전한다.

"이들은 함께 모여서, 모든 사람이 노래 불러 대는 '너 자신을 알라'와 '어떤 것도 지나치지 않게' 등의 문구를 새겨 넣어, 델포이에 있는 신전의 아폴론에게 지혜의 첫 열매를 봉헌하기도 했지요."

딜스와 크란츠는 고대 문헌에 흩어져 있는 100명 이상의 초기 그리스 철학자들의 단편을 망라해서 방대한 양의 [단편 선집]을 만들었다. 그중 7현인이 전하는 경구는 다음과 같다.

"보증, 그 곁에 재앙."

- 밀레토스 사람 탈레스

"다른 사람의 면전에서는 마누라와 싸우지도 말고 또한 지나친 애정 표시도 하지 말라."

- 린도스 사람 클레오불로스

"알고서 침묵하라."

- 아테네 사람 솔론

"친구들에게 좋은 일이 있을 때는 천천히 찾아가고 불행에 빠졌을 때는 빨리 찾아가라."

- 스파르타 사람 킬론

"불운한 자를 비난하지 말라. 그들에게는 신들의 벌이 내린 것일 테니까."

- 레스보스 사람 피타코스

"착해빠지지도 말고 못돼먹지도 말라."

- 프리에네 사람 비아스

"연습이 모든 것이다."

헤라클레이토스(기원전 535~기원전 475)는 에페소스의 귀족 출신으로 기원전 504년에서 501년 사이에 인생의 황금기를 누렸다고 한다. 그 황금기가 어땠는지는 자세히 알려지지 않았다. 다만 그의 나이 35세쯤에, 그의 이론이 정립되었고 에페소스에서 꽤 발언권이 있었던 것으로 추측할 뿐이다. 헤라클레이토스는 "같은 강물에 두 번 들어갈 수 없다"라는 말을 했듯이 모든 것이 변한다는 사상을 갖고 있었고 불이 만물의 근원이라 여겼다.

철학자들의 생애를 기록한 라에르티오스에 따르면 헤라클레이토스는 "군중으로부터 쉽사리 경멸받지 않도록 그는 애써 아주 난해하게 책을 썼으며… 누구보다도 오만하고 방자했다." 그의 성격 때문에 사람들은 헤라클레이토스를 싫어했는데 아이러니하게도 그는 "성격이 운명이다."라는 말을 남겼다. 자신의 성격이 오만방자하여 따돌림당했으니 이 경구는 자신에게 하는 것이었으리라.

헤라클레이토스는 '좀 더 착하게 살걸' 하는 생각보다는 '그냥 생긴 대로 살련다.'라는 마음으로 산속에 들어가 은둔했다. 이곳에서 풀과 나뭇잎을 먹으며 "나는 자연인이다!"를 외치다 결국 종기가 나서 도시로 내려왔다. 현대 의학이 발달하기 전, 악성 종기는 주된 사망 원인 중 하나였다. 그는 의사를 만나서 "종기 좀 고쳐 주시오"라고 말하지 않고 "폭우를 끝내고 가뭄을 만들어낼 수 있느냐?"라고 물었다.

의사가 그의 말을 이해하지 못하자 헤라클레이토스는 외양간으로 가서 쇠똥을 몸에 바르고 병이 낫기를 바랐다. 그러나 아무 효험을 얻지 못하고 그대로 세상을 떠났다. 내 생각에 폭우는 농이 가득 찬 종기고 가뭄은 종기가 치료된 상태다. 헤라클레이토스의 의사는 시적 상징어를 이해하지 못했다. 헤라클레이토스는 말했다.

"이 로고스는 언제나 그러한 것으로 있지만, 사람들은 듣기 전에도, 일단 듣고 나서도 언제나 이해하지 못한다."

로고스는 진리, 말씀, 이성이란 의미다. 이성이 언어란 옷을 입으면 진리가 된다. 세상의 모든 진리는 언어가 없으면 무상하다. 헤라클레이토스는 이 사실을 알고 있었고 이를 소리 높여 외쳤지만 당시 그리스 사람들은 그의 사상을 이해하기엔 수준이 낮았다. 가끔 소피스트들이 나타나 그와 맞먹으려 했지만, 헤라클레이토스가 보기엔 소피스트 역시 그의 생각을 제대로 알지 못하고 반박만 하는 것에 불과했다. 이 때문에 그는 "개들은 알아보지 못하는 것들을 향해서 짖는다."라고 말했다. 헤라클레이토스는 또 "박식이 지성을 갖도록 가르치지 않는다."라면서 헤시오도스와 피타고라스 등 그리스 작가와 철학자도 비판했다. 그는 스스로 오만한 자이면서 타인의 오만은 견디지 못했다. 그리하여 잘난 체하는 이들을 보고 이렇게 말했다.

"아이가 어른에게서 어리석다는 말을 듣는 것처럼, 어른은 신에게서 어리석다는 말을 듣는다."
"사람들 중 가장 현명한 자도 신에 비하면 원숭이로 보인다."

"원숭이들 중 가장 아름다운 놈도 사람의 부류에 비하면 추하다."

헤라클레이토스에 따르면 원숭이 중 가장 뛰어난 놈도 사람보다 못하고 사람 중에 가장 훌륭한 자도 신보다 못하다. 남들이 가진 것이 부럽다면, 남들이 이룬 것에 시기심이 생긴다면 헤라클레이토스를 기억하라. 가장 아름다운 여인도 신이 보기엔 침팬지다(당신을 버린 그는 오랑우탄!). 가장 똑똑한 팀장도 스티브 잡스가 보기엔 바보다. 한국에서 돈 많다고 자랑하는 사람도 만수르에 비하면 거지다.

참고 도서

_____ 탈레스 외 지음, 김인곤 외 옮김, [소크라테스 이전 철학자들의 단편 선집], 아카넷 2005

5

—

정

의

억울한 일을 당했을 때

여러 재상에게 명하여 국문鞠問하게 하였으나 실정을 다 말하지

아니하였다. 임금이 유자광과 남이를 면질面質하도록 명하니, 유

자광이 남이를 불러서 남이가 말한 것을 갖추 말하였다. 남이가

비로소 유자광이 와서 계달한 것을 알고 놀라, 머리로 땅을 치며

말하기를,

"유자광이 본래 신에게 불평을 가졌기 때문에 신을 무고誣告한 것

입니다. 신은 충의忠義한 선비로 평생에 악비岳飛로 자처하였는데,

어찌 이러한 일이 있겠습니까?"

하였다.

– [조선왕조실록] 예종 원년(1468) 10월 24일 자

조선 역사상 가장 억울한 인물은 남이南怡(1441~1468)일 것이다. 20대에 병조판서에 오른 남이는 왜 죽임을 당했을까? 그는 스스로 중국 역사상 가장 억울하게 죽은 남송의 장군 악비(1103~1142)에 비유했다. 악비 역시, 송나라를 금나라의 침입으로부터 지켜내며 고군분투했으나 진회 등 간신 일당의 모함에 몰려 처형당했다.

조선왕조실록을 중심으로 간략히 살펴보면 남이의 죽음은 다음 세 가지 요인 때문이다.

첫째, 유자광이 남이를 모함했다.

유자광은 평생을 간신 짓으로 살다 간 인물인데, 10월 24일 밤 급히 승정원을 찾아와 왕과 독대를 원했다. 예종을 만난 유자광은 말했다.

"오늘 저녁 남이가 저의 집을 방문해 혜성 이야기를 했습니다. 제가 [강목]에 혜성이 나타난 대목을 보니 "장군이 반역하고 큰 병란이 있다"라고 쓰여 있어 이를 읽어주니 남이는 "그렇다면 반드시 응하는 이들이 있을 것이니 내가 거사를 할 것이다."라는 말을 했습니다."

이 말 하나로 임금은 남이를 잡아 들이게 한다. 왜?

둘째, 예종은 남이를 질투했다.

남이는 세조 시대 이시애의 난을 진압하면서 진압의 일등 공신인 귀성군 이준, 대장 강순과 함께 세조의 사랑을 받았다. 이준, 강순, 남이는 무인으로 호탕하고 성격이 강직했다. 그에 비해 예종은 유약하고 속이 좁았다.

세조가 죽기 한 달 전인 재위 14년 8월 남이를 병조판서에 임명했는데 [동각잡기東閣雜記]에서는 "세조가 벼슬을 뛰어넘어 남이를 병조판서에 임명했더니 당시 세자였던 예종이 그를 몹시 꺼렸다."라고 전한다.

- 이덕일, [조선 왕을 말하다] 2권

예종은 즉위하자마자 남이를 병조판서에서 겸사복장(왕
궁 호위대장)으로 좌천시켰다. 이는 구공신들의 요청에 따른
것이었다. 그리고 두 달 뒤, 유자광의 고변이 있었다.

셋째, 세조의 정변을 도와 전권을 쥐고 있던 구공신들이
남이 등을 견제했다.

예종 즉위 당시 세조의 즉위를 도운 한명회 파(구공신)와
이시애의 난을 진압하면서 등장한 이준 파(신공신)가 대신을
구성하고 있었다. 구공신들은 세력이나 경험 면에서 신공
신을 능가했다. 이들은 유자광의 모함을 계기로 신공신을
제거하고 다시 실권을 되찾는다. 남이의 역모 사건에 신공
신을 대거 엮어 몰살한 것이다.

[조선왕조실록]을 읽어 보면 조선의 사법 시스템이 얼
마나 엉망인지 알 수 있다. '역모'라는 두 글자로 반대 세력
을 몰살시키는 것은 식은 죽 먹기였다. 의심이 많거나 어리
석은 왕이 있을 때는 더 쉬웠다. 최종 결정은 왕이 내리는
데, 예종처럼 역모 피의자를 개인적으로 싫어하는 자가 판
사 봉을 잡고 있으면 피의자에게 유리한 이야기는 걸러내

고 불리한 이야기만 취합해서 판단하기 일쑤다. 유자광의 거짓 폭로가 있고 나서 남이가 거열형을 당하기까지 딱 3일 걸렸다. 남이에게 죄를 덮어씌우는 데 무리가 따르자 예종은 남이의 첩에게 "세조 국상 중에 남이가 고기를 먹었다"라는 말을 듣고 이 또한 불충이라며 추궁한다(니들은 다 채식주의자냐?).

결국, 문초를 당해내지 못했던 남이의 최측근이 있지도 않은 역모를 자백하면서 남이 역시 주모자로 몰린다. 남이도 포기하고 역모 사실을 대충 자백한다. 맨정신에 말하기가 곤란했던지, "술을 한 잔 주고 밧줄을 느슨하게 해 달라"라고 청하여 취기가 오른 상태에서 거짓 시나리오를 읊어 댄다. 남이는 이 사건과 관련 없는 영의정 출신 강순을 끌어들이는데 이에 관해 실록은 다음과 같이 기록했다.

강순에게 물으니, 강순이 숨기므로, 곤장을 때렸더니 강순이 말하기를,

"신이 어려서부터 곤장을 맞지 아니하였는데, 어찌 참을 수 있

겠습니까? 남이의 말과 같습니다."

하였다. 취초取招하도록 명하니, 강순이 붓을 당겨 즉시 이름을 쓰지 아니하고 남이를 돌아보며 꾸짖기를,

"내가 어찌 너와 더불어 모의하였느냐?"

하니, 남이가 말하기를,

"영공令公이 말하지 아니하였다고 하는가? 나와 같이 죽는 것이 옳다. 또 영공은 이미 정승이 되었고 나이도 늙었으니 죽어도 후회가 없을 것이나, 나 같은 것은 나이가 겨우 스물여섯인데 진실로 애석하다."

– 예종 원년 10월 27일

남이는 "당신이 재상으로서 나의 원통함을 알면서도 한 마디도 변호해 주지 않았으니 나를 따라 원통히 죽는 것이 당연하다."라고 말했다. 강순은 남이와 함께 이시애의 난을 정벌했다. 남이의 옥사가 있을 때 강순의 나이는 79세, 남이는 겨우 26세였다.

예종은 남이, 강순 등 30여 명을 처형하고 역모로 처형

된 사람의 부친과 자식까지 연좌제로 죽였다. 그리고 유자광, 한명회 등 37명을 '역모를 막은 공신'으로 임명했다. 며칠 뒤 한명회는 남이, 강순 등의 집과 처첩 등을 공신들에게 나눠줄 것을 임금에게 주청한다. 임금이 이를 허락하자 공신들은 역모 관계자의 재산과 처첩 70여 명을 나눠 가졌다. 이러니까 한명회는 역사의 간신으로 욕을 먹는 거다(세상인심은 고약해서 [한명회]라는 더럽게 성공한 인물의 드라마는 있고 [남이 장군]이라는 억울하게 죽은 인물의 드라마는 없다.). 더구나 남이의 어머니까지 거리에서 우마차에 몸을 묶어 죽이는 환열轘裂형(거열형)에 처해 죽인다. [조선왕조실록]에 적은 남이 모친의 처형 이유를 보면 구공신들의 치사함은 끝이 없다. "역모를 꾀한 자의 어미인 데다 천지간에 용납할 수 없는 죄를 저질렀다"라는 것이다. 도대체 그 죄가 뭘까? 원문에는 이렇게 되어 있다.

이이증지야 以怡蒸之也

'남이가 증했기 때문이다.'라는 뜻이다. 증燕을 국사편찬위원회는 '상피 붙다'라고만 주석을 달아 놨다. '상피 붙다'는 근친상간을 했다는 뜻이다. 결국, 남이 역모 사건에 구린 구석이 많았던 구공신들은 남이를 조선의 오이디푸스로 만들면서까지 그를 제거했다. 백성들은 남이가 역모했다고 믿었을까?

중국 저장성 항저우에는 남송 때 장군 악비를 모시는 사당 악왕묘가 있다. 이곳에는 늠름한 악비의 동상이 있고 그 앞에 진회 부부가 무릎 꿇고 옥살이하는 동상이 따로 있다. 중국인들은 이곳에 들르면 악비를 추모하고 반드시 진회 부부상에 침을 뱉고 간다.

진회는 송나라 재상으로서 금나라와 굴욕적인 회담을 성사시키기 위해, 금나라 입장에서 눈엣가시였던 악비 장군을 전투에서 제외했고 나아가 그를 모함해 죽음에 이르게 했다. 중국 사람들은 이런 짓을 한 진회를 천 년이 지나도 용서하지 못한다. 민중은 안다. 위인의 억울함을. 그래서 조선 백성도 사당과 가묘를 세워 남이 장군을 추모해 왔다.

1818년, 순조 18년에 남이 장군은 복권되어 억울한 누명을 벗었다.

우리 역시 살다보면 억울한 일을 당하기도 한다. 그 억울함은 한이 되어 맺히기도 하고 귀인의 도움으로 풀리기도 한다. 어떤 이는 억울함을 참지 못해 스스로 목숨을 끊기도 한다. 일본의 유학자 오규 소라이(荻生徂徠 1666~1728)는 그의 책 [논어징]에서 [논어] 첫 문단의 '人不知而不慍 不亦君子乎 인부지이불온 불역군자호'를 이렇게 해석했다. "사람들이 알아주지 않아도 억울해 하지 않으면 그 또한 군자가 아니랴." 그러면서 "사람들이 알아주지 않는데도 억울해하지 않는 것은 보통 사람으로서는 이르기 어렵고 순임금 같은 성인이나 가능하다."라고 말한다. 그렇게 어려운 것이로구나. 이 경지가. 아무리 생각해도 억울해 죽겠지만… 그것이 인생. 스스로 변호하기에 최선을 다하되 나머지는 하늘에 맡길 것.

참고 도서

_____ 국사편찬위원회, [조선왕조실록] 중 [예종실록]

세상이 불공평하다고 느낄 때

인간은 태어날 때는 자유로웠는데, 어디서나 노예가 되어 있다. 자신을 다른 사람들의 주인으로 생각하는 자들은 기실 그들보다 훨씬 더 노예가 되어 있다. 어떻게 이런 변화가 일어났는가? 나도 잘 모르겠다. 다만 무엇이 이 변화를 정당화할 수 있는가에 대해서는 답변할 수 있다고 생각한다… 한 인민이 복종하지 않을 수 없어 복종하는 것은 잘하는 일이다. 그런데 그 속박에서 벗어날 수 있을 때 벗어나는 것은 훨씬 더 잘하는 일이다.

- 장 자크 루소 지음, 김중현 옮김, [사회계약론]

장 자크 루소(1712~1778)는 1754년에 출간한 [인간 불평등 기원론]에서 사유재산이 불평등의 기원이라고 말했다. 8년 뒤 [사회계약론]에서는 "현재의 권력과 계급은 신으로부터 부여받은 것"이라는 왕권신수설을 정면으로 반박한다. 절대군주가 권력을 갖고 백성이 복종하는 것은 다만 계약에 의한 것일 뿐, 국가의 주권은 인민에게 있다는 것이다. 신이 준 권력이 아니라 계약으로 위임된 권력이기에 군주가 백성을 제대로 돌보지 않으면 언제든 이 권력은 교체될 수 있다. 이때 새로운 권력은 국민에게 주어져야 한다.

[사회계약론]은 프랑스 혁명의 도화선이 됐다. 1789년, 프랑스 민중은 '자유, 평등, 박애'를 기치로 내걸고 왕정을 혁파하면서 왕과 왕비를 단두대에 올려 죽였다. 과거를 단절하려면 이렇게 해야 한다. 프랑스 국민은 2차 세계 대전

후에도 나치 독일에 협력한 부역자 10만 명을 처형했다. 매국노에게는 이렇게 벌을 줘야 한다. 우린 친일파와 해방 후 독재 정권에 부역한 자들을 제대로 처리하지 못해 아직도 곳곳에서 적폐 세력이 판을 치고 있다. 그로부터 대한민국의 모순이 비롯한다.

이 글을 쓰는 중에도 나는 '세상은 왜 이렇게 불공평할까?' 하는 생각을 멈출 수 없다. 왜 극소수의 사람이 대부분의 부를 갖고 있는가? 왜 분노조절도 제대로 못 하는 인간이 수천억 원대 부자인가? 왜 부패한 정치인이 또 당선되는가? 왜 친일파의 후손은 잘 사는가? 왜 성질 더러운 놈이 벤츠를 끌고 다니는가(왜 못생긴 친구는 미녀를 데리고 다니나?)?

좋지 않은 정부에서는… 평등은 가난한 자는 계속해서 가난 속에서 살게 하고 부자는 계속해서 침탈하게 하는 데 이용될 뿐이다. 실제로, 법은 언제나 가진 자들에게는 유익하고 못 가진 자들에게는 해롭기만 하다. 따라서 사회 상태는 인간들 모두가 어느 정도씩 갖고,

그들 가운데 누구도 지나치게 많이 갖지 않는 한 유익하다.

- 김중현 옮김

불평등의 역사는 인류와 함께 한다. 루소가 책을 쓰기 2,000년 전 고대 그리스로 가 보자. 아리스토텔레스의 책 [정치학]을 보면 아테네 사회에서 재산에 따른 신분 등급을 어떻게 나누고 있는지 알 수 있다.(아리스토텔레스 지음, 천병희 옮김, 〈정치학〉을 토대로 표는 필자가 재구성)

고대 아테네의 재산에 따른 신분 등급

재산 등급	명칭	재산 내용 (1년 수확 곡물의 양)	병역 의무
1등급	펜타코시오메딤노스	500 메딤노스* 이상	중무장 보병
2등급	제우기테스	300~500 메딤노스	중무장 보병
3등급	히파스	200~300 메딤노스	중무장 보병
4등급	테티콘	200 메딤노스 이하	경무장 보병

*메딤노스(medimnos=약52.5ℓ)

고대 그리스 아테네 사회는 1년간 생산할 수 있는 곡물의 양에 따라 시민의 재산 등급을 4단계로 나누었다. 최고 부유층은 한 해에 500메딤노스(medimnos=26,250ℓ=26.25톤) 이상을 생산하는 자이며 가장 가난한 사람들은 한 해 200 메딤노스 이하였다. 플라톤(BC427~347)은 "어떤 시민도 가장 가난한 시민 재산의 5배를 넘게 가져선 안 된다"라고 주장했다. 고대 그리스에선 전쟁에 나갈 때 자신의 병장기를 사비로 구입했다. 그래서 부자는 중무장 보병이, 빈자는 경무장 보병이나 병장기가 필요 없는 해군이 되었다. 이때는 그나마 부자들에게 양심이 있었다. 21세기 대한민국보다 훨씬 평등했다. 오블리즈 노블리제도 있었다.

고대 그리스에서 가장 부유한 시민이 가장 가난한 시민보다 5배 정도 부자였다면 우리나라는 어떨까(내 재산과 이건희 씨의 재산을 비교해 보면 약 만 배 이상 차이 난다.)? 동국대 경제학과 김낙년 교수의 조사를 보면 2010년에서 2013년 사이 상위 1%의 자산이 전체 자산에서 차지하는 비중은 평균 25.9%로 나타났다. 상위 10%는 66.0%, 상위 50%가

98.3%의 자산을 갖고 있었다. 따라서 하위 50%의 인구가 총자산의 1.7%를 나눠가진 셈이다.

이런 격차는 점점 벌어지고 있다. 2000년에서 2013년 사이 상위 1%의 자산이 평균 9억6천만 원 늘어날 때 중간 층(상위 50% 해당 층)의 자산은 6천만 원 증가할 뿐이었다.(김낙년(동국대 경제학과), 「한국의 부의 불평등, 2000-2013: 상속세 자료에 의한 접근」 낙성대 경제연구소 www.naksung.re.kr 2015.10.28.)

지난해 신고된 근로소득(2016년 귀속) 상위 0.1%의 1인당 평균 근로소득이 6억6천만 원에 달한 것으로 나타났다.

이는 하위 10%의 1인당 평균 근로소득 69만 원보다 1천 배 가까이 많은 수치로 심각한 소득 양극화의 한 단면을 드러낸다.(연합뉴스 2018.9.2.)

대한민국에서 최빈층과 최부유층의 재산 정도를 비교하는 일은 의미가 없다. 의미 여부를 따지는 것조차 허탈하다. 상위 10%를 제외한 국민은 하루하루를 허탈 속에서 생존

해 나간다. 정신도 육신도 빈 채로 휘적휘적 살아간다. 이게 좀비가 아니고 무엇이랴.

도대체 인간 불평등 역사는 어디까지 소급해야 할까? 유발 하라리의 [사피엔스]를 보면 1955년 러시아에서 발견된 3만 년 전 숭기르 유적 이야기가 나온다. 매머드를 사냥한 문화권의 매장터에 관한 것이다.

고고학자들은 더욱 흥미로운 무덤을 발견했다. 무덤 속에는 얼굴을 마주 보는 두 구의 유골이 있었는데, 하나는 12~13세 소년의 뼈였고 다른 하나는 9~10세 소녀의 뼈였다. 소년은 5천 개의 상아 구슬로 뒤덮여 있었고, 여우 이빨로 장식한 모자를 쓰고 있었으며, 그런 이빨 250개가 들어간 허리띠를 하고 있었다(250개는 적어도 60마리의 여우를 잡아서 이빨을 뽑아야 가능한 숫자다). 소녀를 장식한 상아 구슬은 5,250개였다. 두 어린이는 작은 조각상을 비롯해 다양한 상아 물건으로 둘러싸여 있었다.

하라리는 무덤 속 소년 소녀가 했던 상아 구슬을 만드는데 걸리는 시간을 추산했다. 한 개의 상아 구슬을 만드는데 45분이 걸린다 쳐도 두 아이를 덮은 상아 구슬 1만 개를 만들려면 7,500시간이 소요된다. 하루에 8시간씩 작업하면 3년이 걸리는 셈이다(그런데 원시인들이 지금처럼 하루 8시간씩 꼬박 일했을까? 만약 구슬 만드는 작업이 한 시간 정도라면 5년 정도 걸린다.-필자 생각). "어린아이들이 지도자였을 가능성은 희박하므로… 하나의 가설은 이들의 계급이 부모에게서 비롯됐다는 것이다."

3만 년 전, 인간이 돌도끼로 매머드를 잡아먹던 시절부터 이미 금수저는 존재했다. 권력과 부를 거머쥔 계급은 힘없고 가난한 백성에게 제 자식의 무덤 장식을 위해 3년에서 5년 동안 구슬 만드는 일을 시켰다. 그때부터 빈익빈 부익부였다. 원시 시대부터 인간은 인간을 착취했다. 매머드 고기를 먹을 때부터 세상은 불평등했고 사람 사이는 불공정했다. 이게 우리 호모 사피엔스의 민낯이다.

몇 년 전, 이집트 카이로의 피라미드를 방문한 적이 있다. 촬영을 위해 피라미드 바로 옆 골프장을 방문했다(나는 골프를 치지 않는다.). 야자수와 사막의 모래가 교묘하게 어우러진 그곳은 세 개의 피라미드를 배경으로 삼은 세계에서 가장 독특한 컨트리클럽이었다. 유럽의 부유층이 와서 유유자적 공을 때리는 가운데 이집트 인부들은 땀 흘리며 풀을 다듬었다. 저 피라미드를 짓느라 수십 년 동안 또 얼마나 많은 이들이 죽었을까? 한 인간의 죽음을 기리기 위해 얼마나 많은 자들이 속았을까? 정녕 모든 문명은 야만의 기록이란 말인가? 야만의 기록은 현재형이었다. 부귀와 빈천이 교차하는 피라미드 골프장에서 나는 내내 씁쓸했다. 돌아오는 비행기 안에서 [예기]를 펼쳤다.

"돈을 벌어 땅에 버리고 싶은 사람이 있을까마는, 자기만을 위해 쓰지 않는다… 이를 대동大同이라 한다."

안심이다. 호모 사피엔스가 철학을 출산하고 고전을 양

생하면서 같은 주제를 고민했다는 것이. 그 사실 하나에 위로받으면서 나는 오래된 책을 덮었다.

참고 도서

_____ 장 자크 루소 지음, 김중현 옮김, [사회계약론] 웅진싱크빅 2010

불행한 일을 당했을 때

사람은 재앙을 당하면 마음이 두려워지고, 마음이 두려워지면 행동이 단정해지며, 행동이 단정해지면 재앙과 화가 없게 되고, 재앙과 화가 없으면 천수를 다하게 된다. 행동이 단정하면 생각이 무르익고, 생각이 무르익으면 사물의 이치를 얻게 되고, 사물의 이치를 얻게 되면 반드시 공을 이루게 된다. 천수를 다하면 온전하게 장수할 것이며, 반드시 공을 이루면 부유하고 귀해질 것이다. 온전하게 장수하고 부유하고 귀한 것을 '복福'이라고 한다. 복은 본래 재앙이 있는 곳에서 생긴다.

– 한비 지음, 김원중 옮김, [한비자]

한비자는 인생사 원리를 재앙→복→재앙의 순환으로 봤다. 사고로 재물이나 몸이 상하면 우린 실망한다. 더 큰 재앙을 당하여 가까운 사람을 잃는 지경에 이르면 우리는 삶의 희망을 잃게 된다. 어린 시절에 부모를 잃는 것, 결혼하고 배우자를 잃는 것, 나이 들어 자식을 잃는 것, 이것이 우리가 살면서 겪는 가장 큰 불행이리라.

2018년 7월, 태국 북부 치앙라이 주 탐루엉 동굴에 청소년 축구팀 '무빠'(멧돼지) 소속 소년 12명과 코치 한 명이 갑작스러운 폭우로 물이 불어 고립되는 사건이 있었다. 이 소식을 듣고 전 세계에서 동굴 전문가와 자원봉사자들이 몰려와 20일 만에 전원 구조되는 기적을 만들어냈다. 이 과정에 수많은 영웅이 있었지만 나는 탐루엉 동굴 부근에 사는 농민들이야말로 얼굴 없는 영웅이라 생각한다. 구조 초기, 동굴에 찬 물을 빼내려고 며칠 동안 계속 대형 펌프로 배수 작업을 했다. 이 때문에 산 아래쪽에 막 모내기를 끝낸 논은 침수 위기를 맞았다. 구조팀이 농민에게 이 상황을 설명했을 때, 그들은 한목소리로 대답했다.

"모내기는 다시 하면 된다. 논이 잠기는 것은 신경 쓰지 말고 물을 흘려보내라. 아이들 구하는 것이 먼저다."

구조팀은 전원이 무사히 동굴을 빠져나올 때까지 배수 작업을 했다. 실제로 저지대 논 수만 제곱미터는 침수되어 많은 농가가 피해를 보았다. 그러나 전원구조 소식이 전해지자 농민들은 함박웃음을 지으며 박수를 보냈다. 내 이익보다 타인의 생명을 먼저 생각하는 것. 이게 휴머니즘이다. 탐루엉의 시골 사람들은 가까운 사람을 잃는 것보다 더 슬픈 것은 없다는 사실을 잘 알고 있었다.

아마도 태국 소년들은 앞으로 더 조심하며 살아갈 것이다. 소년들을 동굴로 이끌었던 스물다섯 살의 엑까뽄 코치 역시 무모한 탐사는 하지 않을 것이다. 이들은 20일의 동굴 고립이라는 재앙으로 누구도 얻기 힘든 귀한 교훈을 얻었다. 무리하지 않고 살기. 그것만으로도 이들은 미래에 다가

올 큰 복을 선취한 셈이다.

한비자는 재앙이 복을 만드는데 복 역시 재앙의 씨앗이라고 역설한다.

사람에게 복이 있으면 부유함과 귀함에 이르고, 부유함과 귀함에 이르면 입을 것과 먹을 것이 좋아지며, 입을 것과 먹을 것이 좋아지면 교만한 마음이 생기고, 교만한 마음이 생기면 행동이 사악하고 괴벽해져 도리를 벗어나는 행동을 하게 되며, 행동이 사악하고 괴벽해지면 요절하고, 도리를 저버리는 행동을 하면 공을 이루지 못한다… 그래서 '복은 화가 숨어 있는 곳이다'라고 했다.

– 김원중 옮김

급속도로 경제성장을 이룬 대한민국 사회에서 21세기 이후에 수많은 재벌 갑질 사례가 터져 나왔다. 운전기사 폭행하기, 사원에게 물컵 던지기, 아랫사람에게 분노조절 장애 표출하기, 거짓된 찬양 강요하기 등. "교만한 마음이 생기면 행동이 사악하고 괴벽하져 도리를 벗어나는 행동을 하게 된다"라는 한비자의 말은 사원에게 서류를 내던지며 모욕을 주던 한 재벌가 사모님의 발악을 예언한 듯하다(현대 사회에서 오명汚名은 유명의 다른 말. 덕분에 그녀는 유명해졌다.).

한漢나라를 세운 유방의 후궁에 박희라는 한 여인이 있었다. 그녀는 원래 위나라 왕족 출신이었으나 위-한 전쟁에서 위나라가 패하자 한나라에 전쟁 포로로 끌려 왔다. 성실하고 어진 성품의 박 씨는 궁녀로 뽑혀 길쌈하는 일을 하게 됐다. 직조실에서 그녀는 관부인, 조자아와 친했다. 셋은 베를 짜며 말했다. "우리 셋 중 누구라도 출세를 하면 지금의 일을 잊지 말고 서로 돕자." 관 씨과 조 씨는 미색이 출중해 곧 유방의 눈에 들어 후궁이 됐다. 한 고조 4년, 유방이 누대에서 관 씨와 조 씨의 시중을 들며 술을 마시고 있었다. 그 앞으로 직조실 궁녀들이 줄지어 지나갔다. 관 씨와 조 씨는 나인들 사이에 박희가 있는 모습을 봤다. 관 씨와 조 씨가 서로 귓속말을 했다.

"무슨 일이냐?"

고조가 물었다. 관 씨가 대답했다.

"저기 지나는 궁녀 중 저희 두 첩과 친했던 여인이 있습니다. 어려웠던 시절에 우리는 맹세했지요. '나중에 잘되면 그 복을 함께 나누자'고요. 지금 저희는 이렇게 폐하의 총애를 받고 있으나 오직 박 씨만이 아직도 길쌈을 하고 있네요."

조 씨가 말했다.

"그러게요. 성은도 타고 나는가 봅니다."

두 사람이 서로를 보며 웃었다. 이 말을 들은 유방은 속으로 생각했다. '아하, 이 여인들 좀 보게. 질투와 시기가 교묘하구나.' 유방은 의리 하나로 나라를 세운 사람이다. 한 번 그의 밑에 들어온 이는 누구든 도왔다. 한편으론 박희가 어떤 여인인지 궁금하여 유방은 그 날 밤 조용히 박희를 불러들였다. [한서]에 보면 유방을 맞이한 박희가 이렇게 말한다.

"어젯밤 꿈을 꾸었사온데 푸른 용 한 마리가 제 배를 휘감았습니다."

유방은 웃으며 말했다.

"귀한 징조로군. 내 그대의 뜻을 이루어 주리라."

그 하룻밤의 사랑 이후에 "고조는 박희를 거의 찾지 않았다."라는 기록이 있다. 아마도 유방이 좋아하는 타입이 아니었나 보다. [사기 세가]에는 사마천이 "박 씨에게 자색이 있어 고조가 후궁으로 들였으나 가까이하지 않았다."라며 "조 씨와 관 씨는 직조실의 박 씨를 비웃었다. 이를 기이히 여긴 고조가 박 씨를 불쌍히 여겨 잠시 총애를 베풀었다."라고 기록했다. 그러나 천하의 호색한 유방이 박 씨를 '불쌍히 여겨' 잠자리를 했을까? 천자에 올라 맘에 드는 여인이라면 누구든 자기 것으로 만들 수 있는 위치였는데. 오히려 총애하는 조 씨와 관 씨의 언급으로 호기심이 생긴 나머지 하룻밤 성은을 베풀었다고 보는 게 맞다.

[한서]와 [사기세가] 모두 박 씨가 황제의 총애를 받지 못했다고 적고 있으니 그녀는 불행한 후궁 생활을 영위했음이 사실이다. 그러나 단 한 번의 사랑으로 열 달 뒤, 박 씨는 아들을 낳는다. 품계도 급상승한다. 몇 년 뒤 유방이 사망하자, 황태후 여희의 세상이 된다. 평민 시절 결혼해서 유방을 황제의 자리에 오르도록 내조했던 정실부인 여태후. 유방이 후궁들과 놀아나던 모습을 질투의 눈빛으로 바

라보아야 했던 그녀는 후궁을 두 부류로 나눴다.

1. 고조의 총애를 받은 여인들

2. 고조의 총애를 받지 못한 여인들

여태후는 1번에 해당하는 여인들에게 피의 복수를 벌인다. 죽이거나 팔다리를 잘라 불구로 만들거나 별궁에 연금했다. 2번에 해당하는 여인들은 그냥 놔두었다. 박 씨는 일찍이 황자 유항을 생산했고 그가 여덟 살 때 대(代)나라 땅의 왕으로 봉해지자 함께 그곳으로 떠났다. 대나라는 현재 산서성과 내몽골 자치구 접경 지역으로 당시 한나라 수도 장안에서 보면 변방 중의 변방이었다. 덕분에 박 씨는 여태후의 관심에서 벗어날 수 있었다.

기원전 180년, 여태후가 죽고 나서 대신들은 후계자 옹립을 논의한다. 여태후와 외척의 전권에 시달렸던 대신들은 '성품', '인덕' 그리고 '어진 외척'을 황제 옹립의 최우선 조건으로 내세운다. 그때까지 남아있던 유방의 직계 자손 중 제왕 유양, 회남왕 유장, 그리고 대왕 유항이 최종 후보로 올랐다. 대신 회의에서 다음과 같은 의견이 나왔다.

1. 유양의 어머니 사씨 집안사람들은 흉악하고 악독하여

부적격.

2. 유장의 외가 쪽은 모두 악랄한 사람들이라 부적격.

3. 유항은 어질고 너그러우며 그의 어머니 박희도 공손하고 선하니 최적!(반고 지음, 김하나 옮김, [한서])

결정적으로 어머니의 성품이 관건이었다. 유항의 어머니 박 씨 부인을 포함한 그녀의 친인척들은 모두 어진 성격의 소유자들이었다. 20년 넘게 중앙 정치에서 잊힌 채 지냈던 박 씨 부인은 아들이 황제가 되자 황제의 생모 자격으로 화려하게 복귀한다.

박 씨는 황태후가 된 뒤에도 조용하고 겸손하게 지냈으며 황제에게 주변국과 평화롭게 지내라는 조언 정도만 할 뿐이어서 존경을 받았다. 이전 황제의 어머니였던 여태후가 권력을 쥐고 전횡했던 터라 효문태후 박 씨는 가만히만 있어도 점수를 땄다. 그녀의 아들 유항은 전한 시대 가장 탁월한 황제였다. 황제에 오른 뒤 가혹한 형벌을 없애고 검소한 생활을 솔선수범했다. 문제와 그의 아들 경제에 이르기까지 한나라는 평화를 구가하여 '문경지치'라는 말이 나올 정도였다.

화가 복이 되고 복이 화가 되는 것이 인생이다. 한비자는

[한비자] '해노解老 편'에서 이렇게 말한다.

夫物之一存一亡 乍死乍生者 初盛而後衰者 不可謂常
부 물 지 일 존 일 망   사 사 사 생 자   초 성 이 후 쇠 자   불 가 위 상

만물은 한 번은 있고 한 번은 없어지니 어떤 때는 죽고 어떤 때는
살아난다.
처음에 성하다 후에는 쇠하나니 늘 일정할 수는 없다.

화와 복의 교차. 불행이 행복이 되고 행복이 재앙이 되
는 것. 그것은 어쩌면 우주의 생성 원리일지도 모른다. 그러
므로 지금 하늘이 무너질 것 같은 큰일을 당한 사람이여.
복을 잉태했음을 알고 자중자애하시라.

참고 도서
_____ 한비자 지음, 김원중 옮김, [한비자] 글항아리 2010

배신당했을 때

카스카   손이여, 말해 다오. (카스카가 먼저 시저를 찌르자 나머지 공모자들이

가세한다. 브루투스도 시저를 찌른다.)

시저   브루투스, 너마저? 그렇다면 시저도 끝이로군. (죽는다)

킨나   해방이다. 자유다. 뛰어가서 선포하라. 거리에서 외쳐라.

독재자가 죽었다고.

– 윌리엄 셰익스피어, [줄리어스 시저]*

역사상 가장 유명한 배신자 브루투스가 시저를 살해하는 장면이다. 줄리어스 시저(기원전 100~44)는 이집트, 소아시아, 스페인 등의 반란을 평정하고 현재의 프랑스 지역인 갈리아까지 정복해 로마 공화정 시기에 최고의 인기남이 된다. 그리스의 집단 지성을 흠모했던 로마인들은 반독재주의자들이었다. 이들 앞에 독재를 해도 사랑스러울 것 같은 시저가 나타났다.

전술의 천재였으며 부하를 사랑했고 숱한 여인들의 사랑을 받았던 바람둥이 시저는 원로원의 '무장 해제' 명령을 어기고 루비콘강을 건너 로마로 입성해 정권을 잡는다. 기원전 48년부터 로마는 시저로 인해 실질적인 제정 시대로 돌입한다. 역사적으로 황제의 상징처럼 여겨지는 시저는 실제로 황제에 오르진 못했고 종신 독재관이라는 직책으로 로마를 다스렸다.

로마는 기원전 753년에 창건되었다. 전설적 건국자 로물루스 이래 왕정은 기원전 509년까지 이어졌다. 이후에는 귀족 회의체인 원로원과 평민 협의체 민회가 서로 견제하며 공화정을 이어갔다. 당시 중국이나 페르시아 지방의 군주정과 비교하면 로마의 정치는 다수의견을 존중하는 민주주의에 가까웠다. 어느 한 사람의 의견이나 지도력에 전적으로 의지하는 정치체제에 로마인 모두는 반감을 품고 있었다.

시저는 450년 가까이 이어 온 로마의 공화정 전통을 무시했다. 그의 속마음이 가끔 밖으로 튀어나올 때, 로마 시민은 야유했고 그의 측근조차 고개를 돌렸다.

플루타르코스에 따르면, 원로원이 그에게 명예로운 호칭을 주기로 결의하고 이 사실을 알리러 갔을 때 시저가 의자에서 일어서지도 않고 그들을 맞이하는 모습을 보고 많은 이가 원로원 전체를 모독한다고 느꼈다 한다. 어떻게 보면 하찮은 이유로 반감을 산 것인데, 아마도 전쟁에서도 승리하고 여성들에게도 인기 있는 이상한 매력의 사나이에 대한 질투에서 비롯된 것인지도 모른다. 시저가 게르만족을 물리치고 로마에 개선할 때 부하들은 "아내를 숨겨라. 바람둥이가 오고 있다"라고 외칠 정도였다. 웃자고 하는 소리였고 시저도 웃었다(그래도 제일 크게 외친 놈은 찍히는 법.).

시저가 제 맘대로 로마를 요리하자 귀족 중 몇몇은 그를 제거하기로 모의했다. 그들은 브루투스도 끌어들였다. 브루투스는 시저의 친구이자 복심이었다. 로마 역사가 수에토니우스는 시저가 죽기 전 브루투스에게 "내 아들아, 너마저?"라는 말을 남겼다고 한다. 플루타르코스는 시저의 최후를 이렇게 묘사했다.

브루투스도 카이사르의 아랫배에 일격을 가했다. 일설에 따르면, 카이사르는 다른 사람들에 대해서는 저항하며 그들의 가격을 피해 이리저리 몸을 틀면서 도와달라고 소리쳤으나 브루투스가 단검을 빼어든 것을 보자 머리에 토가를 뒤집어쓰고는 우연이었는지 살해자

들에게 그리로 밀려갔는지 폼페이우스의 입상이 서 있던 대좌에 쓰
러졌다고 한다.

- 천병희 옮김, [플루타르코스 영웅전]

브루투스는 시저의 평생 연인 세르빌리아의 아들이기도
했다. 브루투스 가문은 대대로 공화정 지지자였다. 로마가
기원전 509년 공화정에 돌입할 때 마지막 왕 타르키니우스
를 축출한 사람이 브루투스의 오랜 선조인 루시우스 브루
투스였다.

시저는 브루투스를 총애했다. 후계자로 생각할 정도였
다. 그런데 브루투스는 왜 자신의 후견인이자 아버지 같
은 존재였던 시저를 암살했을까? 그는 역사에 길이 남을
배신자에 불과할까? 셰익스피어는 "시저에게 왕관을 씌워
준다? 그렇게 되면 그 마음대로 할 수 있도록 그에게 독침
을 달아 주는 것과 마찬가지다."라는 말로 브루투스를 대
변한다.

브루투스는 암살단에 합류할 것을 권유받고 마음을 정

한다. 암살에 실패하면 죽을지도 모른다는 말에 "나는 죽음에 대한 두려움보다 명예에 대한 사랑이 더 크다"라고 말한다. 브루투스도 인간인지라 시저와 로마에 대한 사랑 사이에서 갈등한다. 그러나 로마를 위해 시저를 배신하리라 결심한다. 기원전 44년 3월 15일, 원로원 회의에 참석하러 가던 시저는 14명의 공화파 귀족들의 습격을 받아 온몸이 난자당한 채 죽는다. 평생 전장을 누비며 칼과 창의 난무 속에서 목숨을 지켰던 그가 대낮에 로마 한복판에서 가까웠던 이들에게 죽임을 당할 줄 누가 알았으랴. 시저의 장례식장에서 브루투스는 이렇게 연설한다.

"만약 이곳에 시저와 가까운 사람이 있다 해도, 저보다 시저를 더 사랑하지는 못했을 것입니다. 만약 그이가 왜 브루투스 당신은 시저를 배신했느냐고 묻는다면 저는 이렇게 대답하겠습니다. 시저를 덜 사랑해서가 아니라 로마를 더 사랑했기 때문이라고. 시저가 살고 여러분 모두가 노예로 죽기를 원하십니까? 아니면 시저가 죽고 여러분 모두가 자유인으로 살기를 원하십니까? 시저가 나를 사랑했기에 난 그를 위해 울었습니다. 그에게 행운이 따랐기에 기뻐했습니다. 그가 용감했기에 존경했습니다. 그러나 그가 야심을 드러냈을 때, 난 그를 죽여야 했습니다."*

– 셰익스피어, [줄리어스 시저]

멋진 대사다. 셰익스피어는 시저보다 브루투스를 위해 희곡을 썼다. 시저 처지에서 보면 장례식 연설 따위는 사탕 발림에 불과하다. 죽여 놓고 천하의 명문으로 조사를 쓴 들 무슨 소용이랴?

누군가 우리를 배신했을 때, 우리는 심한 좌절과 모멸을 맛본다. 필생의 친구나 연인에게 결정적인 배신을 당한다면 그 순간 생을 마치는 것이 더 나을지도 모른다. 가까운 사람의 배신일수록 우리를 아프게 한다. 배신한 사람은 어딘가에 가서 또 다른 배신을 하겠지만 배신당한 사람은 그 상처를 평생 안고 살아간다. 차라리 아들 같은 브루투스에게 배신당한 순간 죽음을 맛본 시저가 행복했을지도 모른다.

고전이 우리에게 주는 위로는 브루투스의 최후다. 시저가 죽은 뒤에 브루투스는 다시 군대의 사령관이 되어 마케도니아 지역으로 출정한다. 브루투스는 잠자리에서 악령의 환상을 본다. 악령은 "브루투스여, 너는 내일 나를 보게 될 것이다"라고 말하고 사라진다.

> 두 번째 전투가 벌어지기 전날 밤에 같은 환영이 다시 그를 찾아왔다. 환영은 아무 말도 하지 않았으나 브루투스는 자신의 운명이 임박했음을 알아차리고 무턱대고 위험 속으로 뛰어들었다. 그러나 그는 전투 중에 쓰러진 것이 아니라 그의 군대가 패주한 뒤 가파른 언덕으로 물러나 칼을 빼어들고 가슴을 찔러 자살했다.
>
> - 천병희 옮김, [플루타르코스 영웅전]

그 악령은 시저였을까? 배신의 아픔이 유령으로 화한 것이었을까? 배신당해 괴로운 영혼이여. 부디 악으로부터 구원받으라. 너를 버린 그는 스스로 삶을 망칠 것이니.

* William Shakespeare지음, [Julius Caesar] Dover Thrift Editions 1991의 원문을 필자가 번역함.

참고 도서

    William Shakespeare, [Julius Caesar], Dover Thrift Editions 1991

    플루타르코스 지음, 천병희 옮김, [플루타르코스 영웅전] 숲 2010

나는 활자 중독자입니다

잘해주고도 비난받을 때

문후는 즉시 서문표를 업 땅의 태수로 임명했다. 서문표가 업성鄴

城으로 부임해서 보니 거리가 매우 쓸쓸하고 백성의 왕래가 드물

었다. 서문표는 노인들을 불러 그곳의 고충이 무엇인지 물었다. 노

인들이 모두 말했다.

"하백河伯에게 부인을 바치는 일이 가장 괴롭소."

서문표가 말했다.

"괴이하고도 괴이하오! 물의 신 하백이 어떻게 부인을 얻는단 말

이오? 자세하게 말씀해 보시오."

- 풍몽룡 지음, 김영문 옮김, [동주 열국지] 4권

춘추 전국 시대의 다양한 인간군상을 흥미진진하게 풀어놓은 역사 소설 [열국지]에 나오는 이야기다. 역사 소설이지만 역사적 사실을 바탕으로 했기에 90% 가까이 팩트이고 10%만 픽션이다. 영화 [인터스텔라]에 나오는 인공 지능 로봇은 진실성이 90%에 맞춰져 있다. 만약 100% 솔직한 이야기만 하면 이 로봇이 우주선 안에 있는 사람들의 인간관계를 망칠 수도 있어서다. 예를 들면 인공 지능 로봇에게 이렇게 물었다 치자.

"이봐, 톰하고 베키 사귀는 것 같지 않아?"

인공 지능 로봇이 100% 진실만 말해야 한다면 이런 대답을 내놓을지 모른다.

"베키와 톰은 지금까지 32번 잠자리를 같이했습니다."

인생 역시 90%의 사실에 10%의 허구가 섞여 있어야 한다.

위나라 임금 문후(기원전 446~396) 시절, 업 성이라는 곳에 태수 자리가 비어 서문표를 임명했다. 서문표가 업 땅에 가 보니 생각보다 인구가 적었다. 고을 원로에게 물어보니 "이 곳을 흐르는 장하漳河라는 강의 신에게 해마다 제사를 지 내는데 이 때문에 돈을 걷느라 살기가 어렵다."라고 한다. 물의 신에게 1년에 한 번씩 제사를 지내면서 처녀를 바치 는데 배를 타고 강 가운데로 가서 던져 넣는 인신 공양이 라는 것.

부잣집은 딸을 바치는 대신 큰돈을 주고 모면하지만 가 난한 집은 울며 겨자 먹기로 딸을 내어주어야 했다. 딸을 내주기 싫은 주민들은 모두 먼 곳으로 도망갔기에 성안이 썰렁했다.

이 모든 일을 주관하는 것은 늙은 무당이었다. "하백의 신을 화나게 하면 홍수가 난다."라고 그녀가 주장했고 고을 사람들은 그걸 믿고 있었다. 여기에 고을 아전과 삼로(지방의 교화를 담당하던 향관)는 이 행사를 위해 돈을 걷는 일에 앞장 서고 있었다. 실제 행사에 드는 비용은 20만 전 정도였는데 이들은 그 열 배를 거둬들였다. 장부를 보니 나머지 비용은 조용히 무당, 아전 그리고 삼로들에게 흘러 들어갔다. 기득권이 민중을 속이는 방법은 예나 지금이나 마찬가지다. 서문표가 보기에 참으로 한심한 노릇이었다. '어떻게 하면 무당과 토호세력의 결탁을 깨뜨리고 백성의 무지를 일깨우며 앞으로 잘 다스릴 수 있을까?' 서문표는 일타삼피의 전략을 생각해 낸다.

그는 일단 모든 것이 예전처럼 굴러가게 놔두며 조용히 몇 달을 지켜봤다. 고을 사람들에게는 "다음번 하백의 결혼식에 태수도 참여할 것"이라는 소문을 흘렸다. 아전들은 하백의 결혼식을 명목으로 강제 징수에 나서고 삼로들은 거들먹거리며 제사의 중요성을 역설했다. 무당은 사람을 보내와 하백의 신과 자신이 얼마나 오랫동안 영적으로 통해 왔는지를 강조했다. 서문표는 자세를 낮추고 모든 사항을 기록해 두었다. 또한 힘이 좋은 병사 10여 명으로 별동대를 만들어 무슨 명령이든 지체 없이 수행하도록 훈련했다.

드디어 하백의 결혼식 날. 무당은 젊은 여제자 20여 명을 거느리고 나타났다. 삼로와 아전들, 마을 사람들 수천여 명이 몰려들었다. 서문표가 말했다.

"큰 무당께서 우리 지역을 위해 애를 많이 쓰셨습니다."

큰 무당은 거만하게 인사하며 하백의 신부를 앞으로 내세웠다. 무당의 제자들이 그녀를 배에 태우고 가려는 순간, 서문표가 손을 들며 말했다.

"잠깐! 신부 좀 봅시다."

서문표가 처녀 앞에 나서자 모든 사람의 눈과 귀가 쏠렸다.

"하백의 신부라면 용모가 출중해야 하는데 이 처녀는 너무 평범하오. 수고스럽지만 큰 무당이 하백과 말이 통한다 하니 직접 가서 '다음에 아름다운 부인을 바치겠소.'라고 해주시오."

서문표는 "큰 무당님을 하백께 바쳐라!"라고 명령했고 별동대는 큰 무당을 들어 강에 던졌다. 모든 것은 눈 깜짝할 사이에 이루어졌다. 결단에 따르는 행동은 신속이 생명이다. 좌우에 서 있던 모두가 경악했다. 잠시 후, 서문표가 말했다.

"무당이 나이가 많아 일을 신속히 하지 못하는 것 같소. 이번에는 젊은 제자가 들어가 보시오!"

별동대는 수제자를 강에 던졌다. 두 번째, 세 번째 제자도 익사시켰다. 서문표는 또 말했다.

"이들이 모두 여자라 하백이 말을 듣지 않는 것 같네. 이
번에는 삼로가 수고해 주시오!"

고을 삼로들 역시 모두 하백의 곁으로 갔다. 다시 얼마간
시간이 흐른 뒤 서문표가 말했다.

"아전과 마을 원로들이 가 보시려오?"

별동대가 발을 떼기도 전에 이들은 머리를 땅에 찧으며
말했다.

"우리는 그저 무당에 속은 것뿐입니다."

아전과 마을 원로들의 이마에 피가 맺힐 즈음, 서문표는
모든 이들이 듣도록 말했다.

"강에 한 번 들어간 사람은 나오질 않소. 하백이란 애초
부터 없기 때문이오. 또다시 하백에게 처녀를 시집보내려는
자가 있으면 누구든 그를 먼저 하백에게 보내겠소."

서문표는 백성을 괴롭힌 아전들을 죄의 경중에 따라 처
벌하고, 이들이 거둔 세금을 몰수하여 백성들에게 다시 돌
려줬다. 살아남은 무당의 여 제자들은 고을의 노총각과 결
혼시켰다. 그 후 다시는 미신을 믿는 사람이 없었으며 멀리

떠났던 사람들도 돌아와 인구가 늘었다.

민심은 천심이요 백성을 괴롭히는 신 따위는 없다는 확고한 신념으로 서문표는 죽을 뻔한 처녀를 살렸고 지역 하나를 살렸다. 미신을 타파하고 서민 복지를 증진했다. 서문표의 믿음은 '강의 신은 없다'라는 것이다. 업 땅 사람들의 믿음은 '강의 신은 있다'였다. 한 사람이 수천 명을 이기기는 어렵다. 그러나 한 사람의 믿음이 수천 명의 미망을 이길 수는 있다. 한 사람의 믿음이 의로울 때만이 삼군의 군대보다 강할 수 있다.

여기서 이 드라마가 끝났으면 해피엔딩이었을 것이다. 문제는 속편이다. 서문표는 단지 하백의 미신을 없앤 것으로 만족하지 않고 합리적 홍수 관리에 나선다. 목민관으로서 당연한 일이다. 그는 그곳의 지형을 잘 살핀 뒤 강물의 힘이 분산되도록 열두 곳의 수로를 인공적으로 만들었다. 지금도 하북성 임장臨漳 지역에 남아 있다는 서문거西門渠라는 운하다. 예나 지금이나 토목 사업에는 막대한 인원이 동원된다. 업성 사람들은 이 수로 공사를 하면서 서문표를 비난했다.

"좋은 일도 한두 번이지, 더는 못 참겠다."

"이 수로가 정말 홍수를 없앤단 말이냐?"

"과연 운하 공사가 하백의 결혼식보다 나을까?"

취임 1년 간 고공행진 했던 서문표의 지지율은 서문거 공사가 끝날 무렵 바닥을 친다. 서문표는 이렇게 말한다.

"지금 고을 사람들이 모두 나를 욕하지만, 나중에는 분명 고마워할 날이 있을 것이다."

힘겹게 공사를 마치고 다음 해가 되어 비가 많이 왔다. 다른 고을은 물이 넘치고 낮은 곳이 잠겨 홍수 피해가 났지만 업 현은 12수로 덕분에 홍수가 나지 않았다. 홍수 끝나면 반드시 가뭄이 온다. 다음 해에 다른 곳은 가뭄이 들었으나 업 현은 수로에 물이 분산돼 고을 논밭에 골고루 물을 댈 수 있었다. 그제야 현민들은 서문표의 고마움을 알았으나 서문표는 아무 말도 하지 않았다.

서문표는 관청의 창고를 채우지 않았고 사사로운 일을 위해 백성을 괴롭히지 않았으며 백성의 삶을 최우선에 놓는 청렴한 관리였다. 임금인 위문후에게 잘 보이려 하지 않았고 그의 측근들에게도 뇌물을 보내지 않았다. [회남자]에 이런 기록이 있다. 위문후의 측근들이 "서문표가 다스리는 업 현의 무기 창고와 곡식 창고가 텅 비었다"고 일러바쳤다. 위문후는 업 현을 직접 방문했다. 말 그대로 관청의 창고가 비어 있었다. 문후는 화를 내면서 서문표를 질책했다.

"그대가 이 일을 잘 설명하면 괜찮겠지만 만약 설명하지 못한다면 그대를 죽일 것이다."

서문표가 말하였다.

"제가 듣기에, 왕자王者는 주로 백성을 부유하게 만들고, 패자霸者는 주로 무기를 풍부하게 하며, 망하는 나라는 무기고를 풍부하게 만든다고 합니다. 지금 왕께서는 패왕霸王이 되고자 하시는 분입니다. 그래서 저는 진실로 백성들에게 축적해 두었습니다. 임금께서 믿지 못하신다면 제가 성에 올라가 북을 쳐 보이겠습니다. 북을 치면 무장한 병사와 곡식이 즉시 갖추어질 것입니다."

이에 서문표가 성에 올라가 북을 쳤다. 북을 한 번 치자 백성들이 갑옷을 입고 묶은 화살을 매고 병기와 활을 잡고 나타났다. 북을 두 번 치자 곡식을 실은 수레가 나타났다.

- 이석명 옮김, [회남자]

[사기열전]에도 서문표 이야기가 기록되어 있다.

(백 년이 지난) 지금에 이르러서는 모두 물의 이로움을 얻어 백성이 자급자족해 부유해졌다. 하천 열둘은 황제의 치도馳道를 가로지르고 있었다. 한 나라가 일어나자 지방 장리들이 열두 하천의 다리가 천자의 치도를 끊고 서로 근접해 있는 것은 좋지 않다고 여겨 하천 물을 합치려고 했다. 또 치도에 이르러서는 하천 세 개를 합쳐 다리 한 개를 놓으려 했다. 그러나 업 현의 부로들은 장리의 말을 들으려

하지 않았다. 이 하천은 서문군西門君이 만든 것이니, 어진 사람의 법식을 바꾸면 안 된다고 생각한 것이다. 장리들도 마침내 그 말을 받아들여 그대로 두기로 했다.

- 김원중 옮김

서문표는 "백성은 일이 이루어진 뒤에 함께 누릴 수는 있으나, 함께 일을 꾀할 수는 없다"라고 했다. 기쁨은 같이 누릴 수 있지만 고난은 함께하기 어렵다는 이야기다. 세상인심이 그렇다. 파이를 같이 나눠 먹는 것은 좋아하지만 아무도 그 파이값을 선뜻 내려하지 않는다. 먼저 주문할 생각도 잘 하지 않는다. 파이값을 내기 위해 내 몸과 시간을 바쳐야 한다면 더더욱 그렇다. 파이를 만들거나 파이값을 내는 데 그다지 협조하지 않은 사람들이 "파이가 맛있다, 맛없다" "내 몫이 크다, 적다" 말은 더 많다.

남에게 잘해주지 않았을 때 욕먹는 것은 당연하다. 그럼 잘 해주고도 욕먹는 것은? 그것도 당연하다. 그래서 나 이외의 존재는 영원히 타자他者다. 현대 철학에서 자주 인용되는 타자는 프랑스어로 'l'autre'다. 자아의 상대 개념인 l'autre는 '다른 사람'이란 뜻과 '다른 것'이란 뜻이 있다. 다른 사람이란⋯ 다른 것이다. 잘해주고도 욕을 먹을 때는 그 욕하는 존재가 그저 '사물'이라고 여길 것.

참고 도서

_____ 풍몽룡 지음, 김영문 옮김, [동주 열국지 4], 2015

큰일을 하고도 보상받지 못할 때

그다음 올림픽이 열렸을 때 테미스토클레스가 경기장에 나타나자

관객은 누가 메달을 따는지는 관심을 두지 않고 테미스토클레스

를 쳐다보며 박수를 쳤다. 손님들에게 그를 가리키며 존경을 표했

고 내내 환호했다. 테미스토클레스는 기뻐하며 그의 친구들에게

말했다.

"내가 그리스를 위해서 한 모든 노고에 대한 보상은 이걸로 충분

하네."

– [플루타르코스 영웅전], John dryden 옮김, 테미스토클레스 편

테미스토클레스는 기원전 480년 페르시아를 상대로 살라미스 해전에서 승리를 거두었고 그리스의 자유를 지켰다. 테미스토클레스는 살라미스 해전이 시작되고 끝나는 전 과정을 진두지휘하면서 현실을 외면하려는 사람들을 설득해야 했다.

[역사]를 쓴 헤로도토스에 따르면 페르시아는 1,327척의 함선과 보급선 3,000척 총인원 50만 명의 해군 병력으로 그리스를 침범했다. 이에 맞서는 그리스 해군의 배는 378척이었다. 역사상 2차 페르시아 전쟁이라 부르는 사건이다. 이때 페르시아 왕은 크세르크세스였다. 그의 이름은 페르시아 말로는 '영웅들의 지배자'를 뜻하는 'Khsha-yar-shan'이다. "크흐샤 야르 샨". 이걸 그리스식으로 발음하면 크세르크세스가 된다. 이 사람은 훤칠한 키에 꽤나 미남이었다고 한다. 모든 왕이 그렇듯이 크세르크세스 역시 허풍

이 심하고 자뻑이 있었던 모양이다. 한 기념비에 이런 문구를 새겨 넣었다.

"짐은 손과 발을 씀에 있어 양쪽이 다 능하다. 승마자로서도 손색이 없고, 궁사로서도 서서 쏘거나 말 위에서 쏘거나 더할 나위 없이 훌륭하며, 창잡이로서의 솜씨 또한 서 있을 때나 말 위에 있을 때 다 나무랄 데가 없도다."

– 배리 스트라우스, 이순호 옮김, [살라미스 해전]

과연 크세르크세스가 그 이름값을 할까? 비문에 새겨 넣은 것처럼 훌륭한 솜씨로 그리스를 점령하게 될까? 스스로 가치 있다고 여기는 사람치고 진정 가치 있는 사람은 드물다. 크세르크세스는 그리스 침공을 위해 헬레스폰토스 해협 1.6km를 배로 촘촘히 채워 그 위에 부교를 설치했다. 한때 폭풍으로 가교가 무너지자 헬레스폰토스 바다에 채찍 3백대 형을 내렸다는 걸 보면 대단한 쇼맨십의 소유자다. 역사상 대다수 제국민이 그렇듯 페르시아 백성 역시 "내 눈을 바라봐" 식의 허황한 주문에 속으며 어렵게 살고 있었다.

크세르크세스는 말 한마디면 제국 전체가 일사불란하게 움직이는 자리에 있었다. 이에 비해 테미스토클레스는 그리스 사람들에게 이리 치이고 저리 치이는 처지였다. 크세르크세스가 엄청난 부를 바탕으로 각 지역에 군인과 군수품과 배를 준비하라고 명령했을 때, 테미스토클레스는 첫 번째 설득으로 진이 빠진다.

페르시아 전쟁이 일어나기 3년 전 아테네 인근 마로네이아에서 은광이 발견되었다. 이곳을 채굴해서 100탈란톤의 수익이 생겼다. 라이프 성경사전에 따르면 1탈란톤은 6000 드라크마인데 1드라크마는 건장한 성인의 하루 품삯이었다. 1드라크마를 10만 원이라 치면 1탈란톤은 6억 원 정도의 가치를 갖는다. 다른 주석에 따르면 1탈란톤은 15억 원까지 치솟는다. 그 중간으로 계산해도 탈란톤당 10억 원이 넘으므로 은광에서 얻을 수 있는 총 수익 100탈란톤은 천억 원 정도에 이른다.

이 수익을 놓고 아테네 시민들은 "시민들이 골고루 나눠 갖자"라고 주장했다. 당시 아테네 시민권자는 2만 명 정도였으므로 한 사람당 500만 원씩 챙기자는 거였다. 생각 없는 다수가 이 제안에 찬성했을 때, 테미스토클레스는 말했다.

"지금 페르시아의 분위기가 심상치 않다. 각지에 소집령을 내려 군대를 모으는 중이라 한다. 아마도 7년 전 전쟁에 대한 복수를 할지도 모른다. 지금 우리가 얻은 은광의 수익으로 차라리 삼단 노선(노잡이가 양쪽에 3열로 앉아 노를 젓는 함선) 200척을 만들고 해군을 양성하자."

아테네 시민들은 눈앞의 500만 원을 놓치는 것이 안타까웠다. 페르시아의 위협을 무시하고 당장 자기 지갑에 돈을 채워 넣고 싶어 했다. 누군가는 벌써 이익금을 담보로 근사한 말 한 마리를 사겠다고 약속했을지도 모른다. 누군가는 외상으로 최고급 와인을 곁들인 정찬을 먹었을지도 모르고 또 누군가는 애인에게 페니키아 산 명품 백을 주겠다고 약속했을지도 모른다. 이 때문에 시민 대부분이 반대했다. 테미스토클레스는 "좋다! 페르시아가 다시 전쟁을 일으키지 않는다 치자, 그럼 아이기나는 어떻게 할 거냐!"라고 소리쳤다.

아이기나는 아테네 남쪽에 있는 섬이자 폴리스(도시국가)였다. 아테네와 아이기나는 펠레폰네소스의 해상 패권을 놓고 기원전 7세기부터 아웅다웅했던 사이다. 두 폴리스는 페르시아 전쟁 직전까지 잦은 분쟁을 이어왔다. 한때 아이기나와의 전투에서 아테네 군대가 모두 패하고 단 한 사람의 병사만 살아 돌아왔는데 아테네 여인들은 그를 둘러싸고 "왜 너만 살아왔냐"라며 머리핀으로 찔러 죽였다고 한다. 그만큼 아이기나와 아테네는 앙숙이었다. 우리나라 사람이 '일본' 하면 바로 적대시하는 것과 마찬가지라고 할까.

테미스토클레스가 "아이기나가 언제 쳐들어올지 모르니 그에 대비해서 함선 200척을 만들고 배마다 100명씩 붙여 훈련을 시키자"라고 하자 아테네 시민들은 그제야 이구동성으로 "찬성!"을 외쳤다. 이때 만든 배는 아이기나 대신 페르시아를 상대로 한 전쟁에서 유용하게 쓰인다. 테미스토클레스의 선견지명이 돋보이는 대목이다.

다시 살라미스 해전의 상황으로 돌아가 보자. 그리스는 연합군이었다. 아테네, 스파르타, 아이기나 등 각 폴리스는 평상시에는 완전히 독립적인 하나의 나라였다. 수십 개의 폴리스는 저마다 정치체제는 물론이고 풍습도 달랐다. 이들은 협조하기도 하고 싸우기도 하면서 지냈다. 그래도 폴리스 시민들은 하나의 언어를 쓰는 거대한 공동체였고 그리스는 각 폴리스가 느슨한 형태로 연합하는 제국이었다.

페르시아가 쳐들어 왔을 때 테미스토클레스는 "폴리스 사이의 분쟁을 멈추고 힘을 모아 페르시아에 대항하자"라고 실득했다. 물론 페르시아 편에 붙은 폴리스도 있고, 중립이라는 약삭빠른 태도를 보인 폴리스도 있었으나 테미스토클레스의 설득에 대다수 폴리스는 하나가 됐다. 그리스 연합군 중 가장 많은 전함을 파견한 곳은 아테네였다. 따라서 아테네 지도자인 테미스토클레스가 연합군 사령관이 되어야 했다. 그리스 연합군은 한 사람에게 너무 큰 힘이 모아지는 것을 경계해 스파르타의 에우리비아데스를 사령관으로 뽑았다. 아테네 군인들은 이에 항의했다. 그러자 테미스토클레스가 사령관 자리를 양보하며 또 설득에 나섰다.

"눈앞의 적을 물리치는 것이 중요하지, 누가 사령관이 되느냐는 중요하지 않다. 우리가 이 전쟁에서 용감하게 싸워 이기면 다른 모든 나라들이 아테네를 우러러볼 것이고 결국 우리를 따를 수밖에 없을 것이다."

연합군 장수 대다수는 여차하면 도망가기 좋은 이스트모스로 가서 싸우자고 주장했다. 테미스토클레는 굳이 비좁은 살라미스로 가서 싸우자고 말했다.

"소수의 함선으로 많은 적선들과 좁은 곳에서 싸우게 되면 우리는 아마 대승할 것이오. 좁은 곳에서는 우리가 유리하고, 넓은 곳에서는 적군이 유리할 것이오… 우리가 기대한 대로 승리하면 페르시아인들은 무질서하게 퇴각하게 될 것이오. 신탁은 살라미스에서 우리가 적군을 이길 것이라고 약속했소."

– 헤로도토스 지음, 천병희 옮김, [역사]

테미스토클레스는 살라미스에서 배수진을 치고 싸우는 것만이 승리를 보장한다고 믿었다. 또 최선의 전투력을 끌어내려면 페르시아군이 그리스군을 좁은 해협을 뒤로 하고 포위해야 한다고 예상했다. 테미스토클레스를 읽다 보면 '명량해전'의 이순신이 보인다. '사즉생死卽生 – 죽으려고 하면 곧 산다.' 이 명제는 다수에 맞서 싸우는 소수자들의 전략이다.

당시 그리스인은 신탁의 예언을 굳게 믿었는데 마침 "살라미스에서 싸워야 승리한다"라는 신탁도 받아두었다. 이 모든 일은 테미스토클레스가 전략적으로 꾸민 것이었다. 한편으로 그리스 장수들을 설득하면서 한편으로 신탁의 무녀를 매수해 "살라미스가 행운을 준다"라는 예언을 하게 했다. 심지어 그는 페르시아에 첩자를 보내 그리스군을 포위하라는 역공작을 펼치기도 했다. 그래야 그리스 장수들이 위기감을 느낄 테니까.

테미스토클레스는 적이 코앞에 있는 상황에서 고향으로 돌아가려는 장수에게 돈을 보내 "부하들을 배불리 먹이고 나머지는 당신이 가져라."라고 회유했다. 장수가 돈을 받고 나면 "만약 연합군에서 빠지면 당신이 페르시아의 뇌물을 받았다고 소문을 내겠다"라고 협박했다. 그리스 연합군 장수들이 책상 위에서 도망갈 궁리를 할 동안 테미스토클레스는 배를 오가며 일을 진행했다. 자신을 위해서도, 가족을 위해서도 아니었다. 오직 아테네와 그리스의 승리와 자유를 위해서였다. 하나의 일을 이루기가 이렇게 고되다. 결국은 테미스토클레스의 예상대로 그리스 연합군은 살라미스에서 페르시아 해군을 물리치며 대승을 거두었고 크세르크세스는 뒤도 돌아보지 않고 도망쳐야 했다.

테미스토클레스는 자기의 전 재산을 들여 살라미스 해전을 준비했다. 병사들에게 임금을 주고, 창과 방패를 사들였으며 전함을 건조했다. 여론 형성도, 이탈하려는 타 폴리스 장수에게 줄 뇌물도 자기 돈으로 해결했다. 그럼, 테미스토클레스가 얻은 것은 무엇이었을까? 테미스토클레스의 친구들은 이렇게 말했다.

"자네는 그리스를 위해 그렇게 큰일을 했으면서 도대체 무슨 보상을 받았나?"

테미스토클레스는 아무 대답도 하지 않았다. 전쟁이 끝난 뒤 열린 올림픽 경기에서 테미스토클레스는 아테네 시민들의 기립 박수를 받았다. 이때 테미스토클레스는 친구들을 돌아보며 "이걸로 그동안 그리스를 위해 일한 보상을 다 받았다."라고 말했다. 멋지지 않은가? 그에겐 명예가 전부였다. 기실 인간에게는 명예가 전부다. 어떤 재벌은 수조 원의 재산을 가졌지만 부정과 비리로 얼룩진 채 살아간다. 어떤 정치인은 막강한 권력을 누렸으나 여성 문제로 하루아침에 몰락한다. 어떤 예술인은 수십 년 유명세를 누리다가 추한 행동으로 추락한다. 불명예를 안고 산다는 건 최대의 불행이다.

한때 나는 내가 속한 조직에서 중재자 역할을 한 적이 있다. 뒤풀이 자리에서 술에 취한 중년 남성이 젊은 여성의 몸을 더듬었다. 여성은 그 상황이 부끄럽고 수치스러웠다. 그녀는 울며 자리를 떴고 과음한 남성은 그 상황을 기억하지 못했다. 뒤늦게 이런 일을 여성에게 들은 나는 시간을 내서 두 사람 사이를 오가며 전체 조직원들이 납득할 수 있도록 상황을 정리했다.

남성은 즉시 여성에게 사과하게 하고 조직에서 퇴출했다. 여성들은 남성들이 이런 상황을 인지하고 재발 방지를 약속하길 원했다. 나는 그대로 했다. 이 모든 과정을 거치며 중재자인 나는 어느 쪽에서도 환영받지 못했다. 시간과 돈을 들이고 나서 내가 얻은 것은 상처뿐이었다. 몇 달 뒤, 피해 여성이 내게 이렇게 말했다.

"명 선생을 믿었기 때문에 제가 모든 것을 털어놓았던 겁니다."

됐다. 그것으로 나는 충분히 보상받았다. 그녀의 한마디로 내 노력은 헛되지 않았다는 것이 증명됐다. 산다는 건 그런 것 같다. 큰일을 하고 전혀 보상받지 못하기도 한다. 다만 당신의 노고를 알아주는 누군가가 따뜻한 말 한마디를 건넨다면, 진심 어린 박수를 보낸다면 그것으로 충분하다.

참고 도서

_____ 플루타르코스 지음, 이성규 옮김, [플루타르코스 영웅전] 현대지성 2016

_____ Plutarch 지음, John dryden 옮김, [Plutarch's Lives] New York : Modern Library, 2001

강자 앞에서 약해질 때

위나라의 문후가 여러 신하들과 자리를 함께하고 있을 때, "나는 어떤 군주인가?"라고 물었다. 그러자 신하들이 모두 군주에게 아첨하기를, "폐하는 어진 군주이십니다."라고 대답했다. 적황이 대답할 차례가 되자 이렇게 말했다.

"폐하께서는 어진 군주가 아니십니다. 그 이유는 중산국을 정벌하고 그 땅을 얻으셨을 때 중산국 군주로 폐하의 동생을 임명하지 않고, 폐하의 맏아들을 임명하셨습니다. 이것은 어진 군주가 하실 일이 아닙니다. 소인은 이 일을 보고서 군주께서 어진 분이 아니라는 것을 알 수 있었습니다."

문후는 몹시 화가 나서 적황에게 물러가라고 명령했다. 그래서 적황은 일어나서 나갔다. 그다음에 신하인 임좌의 차례가 되자 문후가 똑같이 물었다. 임좌는 이렇게 대답했다.

"폐하는 어진 군주이십니다. 제가 예전에 듣기를, 군주가 어진 분이면 그 신하 가운데에는 충직한 신하가 있다고 했습니다. 바로 조금 전의 적황이 말한 것은 충직한 말입니다. 이처럼 충직한 신하가 있는 것으로 봐서 폐하께서 어진 군주라는 것이 분명합니다."

문후는 임좌의 말이 맞는 말이라고 생각했다. 그래서 적황을 불러들여 재상직인 상경으로 임명했다고 한다.

– 이한 지음, 유동환 옮김, [몽구]

[몽구蒙求]는 '어리석은 사람이 가르침을 구한다'라는 뜻이다. 중국 당나라 때 문인 이한李瀚이 은퇴하고 나서 집안의 어린이들을 가르치기 위해 지은 책이다. [몽구]는 이후 중국 백성의 초등 교과서 역할을 했다. 그런데 [몽구]가 중국, 나아가 동양 어린이들의 필독서가 된 데는 송나라 사람 서자광의 공이 크다.

옮긴이 유동환 교수에 따르면 이한이 책을 쓸 때 이야기의 원전을 자세히 밝히지 않았다. "그뿐만 아니라 내용 가운데는 잘못된 곳도 있었다. 바로 이러한 [몽구]의 문제점을 바로잡아 가치를 높인 또 한 사람의 지은이가 있었는데 송나라 때 사람인 서자광이다. 그가 이한의 책을 원전들과 대조해서 바로잡았다"라는 것이다. 아까운 지면에 이런 이야기를 하는 이유는, 세상에는 각자 제 할 일이 정해져 있는 것 아닌가 하는 생각 때문이다. 책을 쓰는 이가 있으면 그것을 꼼꼼히 보충해서 완벽한 작품으로 마무리하는 이가 있다. 서자광 같은 활자 중독자가 없었다면 우리는 출처가 어딘지도 모르는 글로 채워진 [몽구]를 읽고 있었을지도 모른다.

세상에는 강자 앞에서 약하고 약자 앞에서 강한 이가 있고, 강자 앞에서 강하고 약자 앞에서 약한 이가 있다. 동양의 성현들은 대체로 후자의 인격에 더 후한 점수를 줬다.

앞의 인용문에는 위문후와 적황(翟璜- 책황이라고도 읽는다)이 등장한다. 위문후는 춘추와 전국 시대의 경계에서 위魏나라 임금이 되어 잘 다스렸던 사람이다. 위문후가 적황의 천거를 받은 악양으로 하여금 중산국을 정벌하게 하고 나서 세자를 그곳 영주로 삼았다. 당시 위문후의 동생 위성자라는 사람은 어질기로 소문이 나 있었기에 그가 중산국 영주가 되길 바라는 사람들이 많았다. 위문후는 핏줄을 우선시해서 세자에게 중산국을 줘 버렸다. 적황이 이를 비판하자 위문후가 화가 나서 그를 연회장에서 내쫓았다. 그러나 임좌가 "적황 같은 인재를 쓸 줄 알아야 진짜 임금"이라는 조언을 하자 그 말을 알아듣고 적황을 다시 불러들였다는 이야기다. 임좌의 1승이다.

위문후는 '강자에게 강했던' 현인을 존경할 줄 알았다. [사기세가]에 나오는 이야기다. 위문후의 세자 격이 마차를 타고 가다 당시 위나라 사람들이 존경했던 전자방과 마주쳤다. 세자는 수레에서 내려 손을 마주 잡고 읍하며 서서 전자방이 지나길 기다렸다. 허름한 마차를 타고 가던 전자방은 세자를 본체만체하고 갔다. 전자방은 세자의 아버지 위문후가 선생처럼 여기는 이였다. 그러므로 전자방이 세자를 모른 척했어도 그만이다. 제자의 아들에게 맞절을 하지 않았다 해서 흠이 되진 않는다. 세자 격은 전자방의 태도가 격에 맞지 않는다고 여겼는지, 아비의 스승을 쫓아가서 따졌다.

"전자방 선생님께 감히 여쭙니다. 부귀한 사람이 교만합니까? 빈천한 사람이 교만합니까?"

재벌 2세다운 건방진 질문이었다. 이에 대해 전자방 선생은 웃으며 답했다.

"오직 빈천한 사람만이 교만할 수 있소. 부귀한 데다 교만하기까지 하면 최후가 좋지 못하오. 초영왕과 지백 요가 그랬소. 그러나 백이 숙제는 빈천했지만 주무왕이 마음대로 할 수 없었으며 오늘날까지 명예롭소. 빈천함이 이렇게 귀한 것이오. 알겠소?"

세자 격은 부끄러워하며 사과했다. 이 말을 듣고 위문후는 전자방을 더욱 존경했다. '강자에게 강한' 자만이 강자의 존경을 받는다.

최강자인 임금 앞에서 옳은 말을 한 사람을 동양고전에서 꼽으라면 부지기수다. [한비자]는 '윗사람의 기분을 상하지 않게 하면서 간언하는 법'에 관해 해설하면서 왕의 콤플렉스인 '역린'을 건드리지 말라고 조언하고 있다. 군주가 생살여탈권을 쥐고 있던 시기에 그들의 감정을 상하게 하거나 화를 돋우면서 온전히 목숨을 유지하기는 어렵기 때문이다. 마키아벨리 역시 [군주론] 앞부분에서 그를 그다지 인정하지 않았던 로렌초 메디치에게 자신의 책을 헌정하며 얼마나 저자세를 취했던가. 마키아벨리나 한비는 인간의 나약함과 비겁함을 잘 알고 있었다. 강자 앞에서 한없이 약해지고 약자 앞에서 강해지는 것은 인간의 본성에 가깝다.

그런데 왜 이런 본성을 누르고 '강자 앞에서 강했던' 이들을 기록했을까? [몽구]의 또 다른 이야기다. 후한 광무제 때 동선은 낙양의 장관이었다. 광무제의 누나인 호양공주의 하인이 대낮에 사람을 죽이고 공주 집에 숨어 있었다. 포도청 관리들은 공주의 심기를 건드릴까 봐 감히 집 안에 들어가지 못하고 있었다. 동선은 공주가 외출하기를 기다렸다가 마차를 급습, 큰소리로 외쳤다.

"공주마마! 살인죄를 저지른 하인을 숨기는 것은 국법에 어긋나는 일이옵니다!"

동선은 공주가 보는 앞에서 죄인을 잡아 때려죽였다(동선 너 시키도 방법이 좀 오버이긴 했어. 안 보이는 데서 죽였어야지.). 공주는 분노하여 광무제에게 고자질을 했다. 광무제 역시 화가 나서 동선을 호출해 채찍질을 했다. 그 자리에서 동선이 호소했다.

"폐하는 성덕이 있으셔서서 한나라를 다시 부흥시키셨습니다. 그런데 지금 저 무도한 하인이 양민을 죽인 죄를 처벌하지 않는다면 앞으로 어떻게 천하를 다스리실 겁니까? 소인은 채찍으로 맞아 죽을 것까지도 없고 스스로 죽겠습니다."

- 유동환 옮김

동선은 이마를 땅바닥에 부딪쳐 피를 냈다. 광무제는 동선의 고함을 듣고 퍼뜩 깨닫는 바가 있어 그를 풀어주며 "공주에게 머리를 숙여 사과하라."라고 말했다. 동선은 이마저도 거절했다. 광무제는 "머리를 숙이지 않는 관리여, 나가라."며 그를 내보냈다. 황제는 나중에 동선에게 따로 삼십만 냥의 위로금을 하사했다. 동선은 이를 모두 부하 관리들에게 나눠 주었다. 동선의 속마음은 이런 것 아니었을까?

'당신이 권력이나 돈으로 나를 억누를 수 있다고 생각한다면 오산이다. 나는 내 일을 청렴하고 철저히 하는 것으로 역사에 남겠다. 그 역사의 한 귀퉁이에 당신의 오명도 같이 남는 것은 부록이다.'

천자는 가장 강한 자이지만, 자신 앞에서 강한 자를 존경한다. 현대의 리더나 CEO도 마찬가지다. 자기 앞에서 앵무새처럼 떠들며 "예스!"만 외쳐대는 딸랑이를 원할 것 같은가? 진정한 리더는 강자 앞에서 강한 자를 존경한다. 강자 앞에서 약한 자는? 겉으로는 좋아할지 몰라도 속으로는 경멸한다. 그러므로 강한 자 앞에서 너무 약해지지 말고 때로는 센 모습을 보일 것. 죽기 아니면 까무러치기다. 아니, 죽기 아니면 사표 내기다.

참고 도서

_____ 이한 지음, 유동환 옮김, [몽구] 홍익출판사 2005

나는 활자 중독자입니다
——